VIRGINIA
WOOLF

企鹅·轻经典
EASY CLASSICS

思考就是我的抵抗

［英］伍尔夫　著

齐彦婧　译

中信出版集团 | 北京

目录
CONTENTS

1915 年	1
1917 年	23
1922 年	50
1924 年	63
1925 年	67
1926 年	74
1927 年	81
1928 年	87
1929 年	99
1930 年	103
1932 年	112
1934 年	117
1935 年	119
1936 年	121
1939 年	129
1940 年	170
1941 年	240

1915年
里士满，格林街17号
17 THE GREEN, RICHMOND

1月1日，星期五

我们在新年的钟声中彻夜未眠。起初我还以为它们是为胜利而鸣。

1月2日，星期六

今天属于这样一个日子：要是真能从我们的生活中选出一个绝对普通的样本，我就会选它。我们吃了早餐。我跟勒·格里斯太太聊了几句。她抱怨那些比利时人饭量太大，还爱吃黄油煎炸的食物。她很纳闷：要是他们流亡在外尚且如此，在家胃口得大到什么地步？然后L[1]和我都坐下来写各自的东西。我们吃了午餐，读了会

---

[1] 指伦纳德·伍尔夫，弗吉尼亚·伍尔夫的丈夫。——译者注（如无特殊说明，本书脚注均为译者注）

儿报纸，一致认为今天没什么新闻。我上楼读了二十分钟《盖伊·曼纳林》[1]，然后我们出去遛麦克斯。在去往大桥的路上，我们被河水拦住去路，水明显涨得很高，水面微微涨落，宛如心跳。郊外生活中的奇事之一，就是那些红色小别墅中最糟糕的几栋永远租得出去，而且没有一栋不是窗户紧闭或拉着窗帘的。其中一栋挂着黄色的绸缎窗帘，布面上嵌饰着道道蕾丝花边。窗帘背后那个房间一定昏暗至极，想必还弥漫着肉食与人体的臭气。我相信垂挂窗帘是身份地位的象征——苏菲曾坚持这一点。随后我去逛了集市。星期六晚上是大采购之夜，一些摊位被妇女们层层围住。我总去人少的摊位，每磅[2]东西大概比别处贵半个便士[3]。然后我们用了茶点，还有奶油蜂蜜；现在 L 在用打字机誊他的文章；我们会把整个傍晚都用来读书，然后上床歇息。

1 月 3 日，星期天

真是奇怪，我原以为尘封已久的旧习竟会毫无征兆地死灰复燃。从前在海德公园门[4]，我们会留出星期天上午，专门用来清洗银质餐具。现在，我发现自己总是把星期天上午留给各种奇怪的杂役——

---

[1] 沃尔特·司各特 1815 年创作的小说。

[2] 1 磅约为 0.45 千克。——编者注

[3] 英国旧辅币单位，类似于中国的"分"。——编者注

[4] 弗吉尼亚·伍尔夫出生在伦敦海德公园门 22 号，在此居住至 1904 年。

今天是打字，整理房间，还有算账，这个星期的账目极其复杂。我有三笔不大的款项，每笔都从另一笔中挪用了一点。下午，我们去伊丽莎白女王音乐厅听了一场音乐会。鉴于我已经好几个星期没听任何音乐了，我认为爱国之情是一种低劣的情感。我是说，乐队演奏了国歌和一首赞美诗，而我唯一的感受，就是自己与在场的所有人心中都毫无波澜。英国人既然能公开谈论厕所与交媾，自然也能为世人共有的情绪所感染。而其实呢，集体感动的诱惑被碍事的厚大衣和皮草无可救药地扰乱了。我开始反感自己的同胞，这感觉主要来自在地铁里观察他们的面容。说实话，血红的生牛肉和银闪闪的鲱鱼都比他们赏心悦目。可我却在查令十字车站足足站了四十分钟，结果回来迟了，没见到来访的邓肯［·格兰特］[1]。还有，现在已是星期天晚上，此刻的伦敦是最阴沉的，所有的电灯都蒙着一层蓝漆，被遮去一半光芒。城里有一条条泥土色的长街，还有微亮的天光与黯淡的灯光，能勉强看见裸露的天空，那寒冷单调得难以言喻的天空。

1月4日，星期一

　　菲利普［·伍尔夫］[2]午饭后来了，他有四天假期。他烦透了军

---

[1] 弗吉尼亚·伍尔夫的日记在整理出版时，英文编者为了方便读者阅读，在有些地方加了注释。此次编选中文版，将英文编者的注释与伍尔夫自己的补充说明等分开标注：分别用方括号和圆括号。——编者注
[2] 伦纳德·伍尔夫的兄弟，曾经参加"一战"，任陆军少尉。——编者注

旅生活——给我们讲了许多匪夷所思的军中蠢事。他们上校宣称"我喜欢衣着考究的年轻人——或者说绅士",还把不够这个资格的新兵除名。另外,前线的骑兵人数已经饱和,他们大概会长期驻扎在科尔切斯特。今天又是个晦暗的阴雨天。一架飞机从头顶掠过。

1月5日,星期二

我们照常工作。天照常下雨。午饭后,我们去老鹿园散步,看见有人用一排麦秆标出河流先前的水位;一棵大树倒下来,截断了河滨小道,砸毁了下方的栏杆。昨天,有人在特丁顿看见三具尸体飞快地顺流而下。天气是否会催人自杀?《泰晤士报》就一场火车相撞事故写了篇奇怪的文章,说战争教会我们正确看待生命的价值。我一向认为人类高估了生命的价值,高得离谱,但我从没想过《泰晤士报》会这么说。L去汉普斯特德为妇女协会做第一场讲座了。他事先好像并不紧张。此刻他应该正在演讲。楼下那几个比利时人在跟几位朋友打牌和聊天——他们聊啊聊啊,滔滔不绝,而他们的祖国正在遭受蹂躏。不过说到底,他们除此以外也无事可干。

1月6日,星期三

L上午十点去做他在汉普斯特德的第二场讲座了。第一场讲座大获成功，跟我料想的一样。他认为女听众远比男听众聪明；可以说聪明过头了，反而容易误解他的意思。只有极其谦和的人才会像他这样对待这些劳动妇女。克莱夫［·贝尔］或任何一个聪明的年轻人都会端起架子，装作无动于衷，无论心里对她们有多赞赏。

我一上午都在写作，写得酣畅淋漓，这很奇怪，因为我同时也知道自己写得不怎么样，再过六周甚至几天就会觉得这些东西不堪卒读。然后我去了伦敦，去格雷旅馆打听有没有空房。他们有间套房，我立刻对它浮想联翩，看房时激动得颤抖。可这间套房一个人住刚好，两个人住未免有些局促。我又去贝德福德街看了一套公寓，那地方听上去相当不错，但我一问经纪人才知道，他们刚刚得知这套房子要求带家具出租——而我此时自然已经深信伦敦没有哪套房子比得上它了！我能一连好几小时在霍本和布鲁姆斯伯里那些暮色渲染的街道上徜徉。我看见——或想见——的是怎样一幅画面，那种全然的不安、躁动与忙碌。

现在我得决定要不要再上一趟伦敦，去戈登广场参加一场晚会。我不想盛装打扮、长途跋涉，但又很清楚只要一见到大厅里炫目的灯光，听到谈话的声响，我就会陶醉其中，认定人生中没有什么能与晚会相提并论。我会见到许多美丽的人儿，感觉自己像被最高的巨浪托在浪尖——置身潮流的中央。最后，傍晚待在这里守着壁炉读书——还有穿着拖鞋和家居服抽烟，与 L 谈天——也十分惬意。而且他是不会劝我去的，所以我很清楚我不会去。再说虚荣心也是一个因素：我没有晚会穿的衣服。

1月7日，星期四

我们没去戈登广场的晚会。伦纳德回来迟了，又下了雨；而且说真的，我们其实并不想去。今天我在午饭后出门，先去育婴堂问他们能不能把布伦瑞克广场的房子租给我们——哪怕辟一半给我们也好；然后去欧米伽工坊[1]给珍妮特［·凯斯］买披肩，跟她一起用了下午茶。其实布伦瑞克广场已经租给一个名叫斯彭斯的退休锡兰公职人员，不过他愿意让出楼上两层，我俩住应该刚好合适。想到能搬进布伦瑞克广场，我自然激动不已。我出门时下着雨。不过我还是走到欧米伽，从一个身穿后印象派风格上衣的愚笨女青年手中买了想要的东西。然后我来到汉普斯特德，获准上楼探望珍妮特。她正卧床休息，未来几周都得静养。即便如此，勇敢依然是她的教养，而且她无私的天性让她对别人抱有真诚的关切。我们谈到伦纳德，谈到伦敦的生活和哈代的诗歌。那些诗歌她已不愿再读——它们都太过忧郁、太过丑恶，主题也不够有趣。这我并不赞同。天色渐晚，她提议我在她家吃晚饭，再跟L去听妇女协会的"和平辩论"。我实在没勇气吃晚饭，于是躲到公共图书馆。路上，我遇上一场前所未见的暴雨。我向图书馆走去，湿透的鞋子嘎吱作响，弄得我无地自容。然后我在一家颇受出租车司机青睐的餐馆吃了晚饭——附近只有这一个吃饭的地方，饭菜相当可口。粗糙，但素而

---

1 欧米伽工坊（Omega Workshops），由伍尔夫的朋友、艺术家兼作家罗杰·弗莱（Roger Fry）于1913年在伦敦创办，位于伦敦市中心布鲁姆斯伯里的菲茨罗伊广场。工坊主要经营家居用品和室内设计，汇集了当时最前卫的艺术家。

清淡。晚上八点，我跟L在教堂街28号碰头。那儿的房间都是带白色镶板的老式房间，其中一间坐满劳动妇女。看她们笑得前仰后合，就像女学生一样，我觉得安心。这样真好。这些女人还是那么令人难忘——因为她们似乎认为自己重任在肩，也有强烈的责任感。

1月8日，星期五

我去群臣［里士满地产经纪公司］打听有没有霍加斯［住宅］的消息。那人起初说没有。可一得知我们可能会在伦敦租套房子，他就立马承认他跟房客见过两次，她并不喜欢那里。这是他编造的吗？如果不是，她为什么不喜欢那里呢？看来我们得在布伦瑞克和霍加斯之间二选一了——除非我们对两者都不满意。

1月10日，星期天

今天早上我正坐着打字，忽然有人敲门。一个人走进来，我一开始还以为是阿德里安，结果来者却是沃尔特·兰姆，刚从国王那儿过来。他每次觐见完国王都来告诉我们。非让我们陪他去里士满公园走走。我们聊了些什么呢？我们把国王抛在脑后，沃尔特给我们讲了个又臭又长的故事，关于法国士兵有多不称职。无论沃尔特说什么，那些话语总有同样一层平整、光滑的灰色表面；单是他的嗓音就足以抹灭世间最强烈的诗意。现在他生活在一群体面、智短的富人当中，而他又有点瞧不上这帮人，所以谈起他们总是略带不屑。18世纪的建筑是他此生唯一的爱好。他特别适合邱[1]，适合皇家艺术研究院和皇室。他不肯留下吃午饭，因为他吃了一周的山鸡，得注意身体的酸度，所以不能吃大黄。

昨晚我得知斯彭斯不打算出租布伦瑞克广场的任何一部分。

1月11日，星期一

今早伦纳德洗澡时，我躺在床上听见隔壁传来一阵响动，随即有人叫嚷着冲下楼梯，怪异而不自然地大喊："着火啦！着火啦！"鉴于房子显然并没着火，怎么看都没有，我穿上雨衣和拖鞋，望向窗外。随后我闻到了烧纸的味道。于是我来到走廊，发现隔壁房间敞开的房门里正涌出浓烟。逃生显然已经太迟，于是我退回房间，听见莉齐跟房客一起回来，嘟哝着"我就是想用一点儿纸引火……"。事后，我听说那些纸全烧着了，壁炉台上的帘幕烧着了，屏风烧着了，木制品也烧着了。因为这栋房子的所有房间都贴着干燥的旧木板，上面还薄薄地糊了层纸，我想火势大概十分钟就能发展到不可收拾的地步——不可思议的是有莉齐在，我们居然到现在还安然无恙。昨天她打碎了我们两只精美的瓷器。

下午我们去了伦敦。L去见《新政治家》杂志的一位编辑，讨

---

[1] 邱（Kew）是伦敦的一个区，位于市郊。邱园即坐落于此。

论一篇关于外交政策的文章。我去了梅克伦堡广场的一间公寓。然后我去了日间图书馆，L则去了伦敦图书馆。他得在星期三中午之前赶出一篇一千二百字的文章。

1月12日，星期二

塞西尔［·伍尔夫］[1]来吃午饭，我注意到他穿了便装。其实他和菲利普都对军队忍无可忍，也没有上前线的机会。话虽如此，塞西尔还是考虑成为职业军人，因为军人过得比出庭律师滋润多了。从另一个角度讲，他俩说不定会去殖民地。在我看来，伍尔夫一家最奇特的一点就是那种彻底的放任自流。在我家，我们总在为生活中最微小的改变没完没了地讨论或争辩；但对伍尔夫家的人而言，去乡下种地、拐走别人的妻子或者娶个波兰籍犹太裁缝的女儿好像都不算什么大事。伍尔夫家大概没有什么家族传统。不过这倒给人一种自由不羁的感觉。对于这一切，我显然无话可说。

1月13日，星期三

L上午带着文章去了《新政治家》杂志的办公室。我在家吃了午饭，然后又去了一趟日间图书馆，想再多借几本书。伦敦西区令

---

[1] 伦纳德·伍尔夫的弟弟，于1917年12月死于"一战"战场。——编者注

我反胃。我向车窗里张望,看见肥头大耳的达官显贵坐在车上,有如绸缎首饰盒里臃肿的珠宝。此刻,下午显得苍白而狭长,这季节仿佛非冬非春。我回来用了茶点。L 也回来了——他去了戈登广场,见到了梅纳德·凯恩斯(他说德国的金融体系正在瓦解)和流感初愈的萨克森〔·悉尼-特纳〕。

1月14日,星期四

今早我们被吵醒(我知道这都成我的口头禅了,就像童话里那句"很久很久以前"),听见一阵轰隆隆的声音,像一辆公共汽车在屋顶上艰难地发动。但经验告诉我,那不过是因为莉齐在厨房里烧旺了炉火,而水管里却没有水。L 拧开水龙头,水蒸气冒了出来,水龙头仿佛科文特花园的齐格弗里德之龙[1],水管里的碎屑流出来浮在水面,自来水红得像铁锈。我们一上午都在写作。午饭后我们前往金斯顿,打算买几只漂亮的杯子,那里的杯子一只才卖一便士。只要莉齐不走,并继续把每个日子都视作她在这儿的最后一天,我们就得准备些便宜东西供她撒气。我们乘双层公共汽车回来,坐在上层。伦纳德上楼去听费边社[2]的辩论了。我大概会去电影院享受享受。

---

[1] 这里指的是音乐剧《尼伯龙根之歌》中英雄齐格弗里德屠龙的故事。当时这部剧正在位于科文特花园的皇家歌剧院上演。
[2] 费边社(Fabian Society),英国工人社会主义团体,1884 年在伦敦成立,由一批具有社会理想的青年知识分子组成,代表人物包括韦伯夫妇、萧伯纳、H.G. 威尔斯等。其思想被称为费边主义,主张通过渐进温和的改良实现社会主义。

1月15日,星期五

我去了电影院,伦纳德也听了他的费边社辩论。他认为,总的来说,看电影应该比听韦伯夫妇[1]和那些医生探讨礼节的辩论更有益身心。有两三部好电影正在上映,不过剧情还是一如既往地无聊透顶。我真希望自己的口味能跟大家一样。放映厅人满为患,人们放声大笑,热烈鼓掌,诸如此类。

今天下午我们踱到霍加斯,想看看附近是吵闹的学童到底算不算它的缺点。啊——真想知道我们会怎么做。我愿意用许多东西换取往后翻个三十来页,看看我们后来怎么样了。我们早早吃了晚饭,准备去音乐厅——真是难得的消遣,虽说以前我一周少说也要参加三场歌剧、晚会、音乐会之类的活动。我敢说演出一结束,我俩都会默念"真不如在家读书"。

1月16日,星期天

我觉得昨晚[科利瑟姆剧院]的演出的确值得一看,尽管也不无缺憾。在剧院我最喜欢的是"小节目"——喜剧歌手、男扮女装的首席女高音或杂耍演员等的表演。我不喜欢独幕剧。我得花一整

---

1 悉尼·韦伯(1859—1947)和比阿特丽斯·波特·韦伯(1858—1943),英国学者,著名工联主义和费边社会主义理论家,改良主义政治活动家。

幕才能入戏，所以独幕剧对我来说大都味同嚼蜡。因此，连看三部独幕剧令我意兴阑珊。不过，台上有个男人用首席女高音的唱腔歌唱；还上演了一出爱国讽刺剧。我们退场时，一只灰紫相间的东方水罐恰好出现在舞台中央。

上午我们写了点东西。我去河边遛麦克斯，不过走得很慢，因为它偷了一根骨头，我的吊袜带又不断往下滑，麦克斯还跟另一只狗厮打在一起，结果被咬伤了耳朵，血流如注。我意识到自己不需要任何刺激就能如此快乐，而我曾经以为是那些刺激构成了幸福。L和我一直为此争执不下。我们还争论是不是工作的唯一意义就是让劳动者感到幸福。如今我写作的唯一理由就是我喜欢写作，而且说实在的，我一点儿也不在乎别人怎么说。

1月18日，星期一

今天下午我们把梅克伦堡广场的房子都看了一遍。这引发了一场关于我们未来的长时间讨论，还促使我们重新计算了一下收入。我想未来一片灰暗，即便是最好的未来也大抵如此。

1月19日，星期二

今天下午我们去里士满公园散步。树木黑森森的，天空阴沉地笼罩着伦敦，但我觉得仅凭这些简单的色彩，今天就足以艳压那些阳光明媚的日子。母鹿的毛色与欧洲蕨分毫不差。不过 L 情绪有些低落。我分析了他的感受，认为主要是因为他对自己的写作能力缺乏自信，自认成不了作家。况且他是个实事求是的人，他的忧郁比腼腆之人，比如利顿、莱斯利爵士和我那种真假参半的忧郁更加深沉。不必与他争论。

1 月 20 日，星期三

今天上午，我写完一章就去买了一点小东西。比如我在鱼店看到一团粉嘟嘟的东西，于是就买了一些——是鱼子。梅纳德·凯恩斯过来吃晚饭。我们准备了牡蛎。他这个人就像倾斜木板上的水银[1]——少了点人情味，不过非常和善，缺乏人情味的人往往如此。我们迅速地聊了些八卦，然后谈到战争。他说现在我们已经停止作战，只等春天到来。同时我们大把大把地撒钱，让捉襟见肘的法国人艳羡得目瞪口呆。我们赢定了——而且会大获全胜，因为在最后关头，我们拿出了全部的智慧与财富。

---

1 在英语中，quicksilver 这个词除了有"水银"的意思，还可以指"多变的事物"、"性情或情绪的多变"等。——编者注

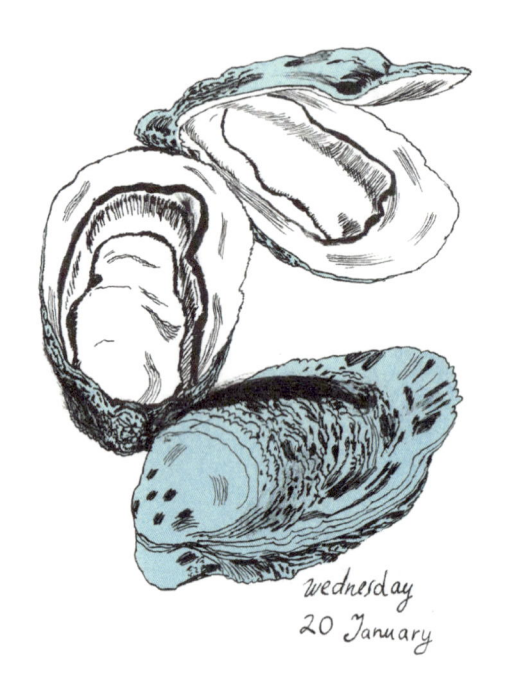

wednesday
20 January

1月22日，星期五

今早L拉开窗帘，却不见一缕阳光。外面是一片灰蒙蒙的混沌——轻柔的雪花旋转着飘落。雪下了将近一天，不时转为小雨。格林街本就十分好看。现在纯净的白光映亮了房间。不过道路却直接成了褐色。当然，在这个"麻烦之家"，水管又爆裂或堵塞了，要么就是屋顶裂了。总之，我一大早就听见一股水流在护墙板里奔涌不息。自那时起，勒·格里斯太太、莉齐和各色人等就一直在屋顶上上下下。雪水还是渗进了天花板，滴进一排脏水桶。我们打算去埃塞克斯礼堂听费边社的讲座。

1月23日，星期六

费边社的讲座值得一听，更值得一看。乐趣在于观察[比阿特丽斯·]韦伯夫人，她坐在桌旁，俨然一只辛勤的蜘蛛在一刻不停地织网（一语双关[1]！）。礼堂里坐满热忱而乏味的女人，还有鼻翼宽大、面色蜡黄、头发蓬乱的小伙，穿着棕色的粗花呢西装。他们都显得孱弱、单薄而无能。一切都沉闷而四平八稳。在我看来，指望这帮弱不禁风的"织网者"去影响国家的未来纯属痴人说梦。不过讲座还是很值得一去——而且我现在也开始自称费边主义者了。

---

[1] 在英文中，韦伯（Webb）与网（web）同音。

奥利弗和雷［·斯特拉奇］来吃晚饭。奥利弗还是老样子，非常准时，非常焦躁，而且相当易怒。雷则稳重、能干，令人舒心。我们谈到了战争。

1月25日，星期一

今天是我的生日——来看看我收到了多少礼物。L信誓旦旦地保证什么也不送，而我则像个好妻子那样相信了他。可他今天却爬到我床上，带来一个小小的包裹，里面是一个美丽的绿色钱包。他端来早餐，带上来一份报纸，上面登着海军在一场战役中获胜（我们击沉了一艘德国军舰）的消息。另外还有一个棕色的小包裹，里面是《修道院院长》[1]——一本漂亮的初版。所以我这一上午真是心花怒放——而下午只会更加开心。下午我被带进城，得到了生日惊喜，先是来到电影院，然后去了秃鹰［茶室］。我大概有十年没有过过生日了。天气也令人惊喜——晴朗霜冻，把一切都衬得清新而喜气洋洋，都是它们该有却少有的模样。我们准时登上一趟直达列车。我兴高采烈地读着父亲论蒲柏[2]的文章，文章机智明快，没有一个磕绊的句子。其实我过生日好像从来没这么开心过，反正成年之后是没有。坐下来用茶点时，我们做了三个决定。一是租下霍加

1　沃尔特·司各特1820年出版的小说。

2　亚历山大·蒲柏（Alexander Pope，1688—1744），18世纪英国著名诗人、启蒙主义者。

斯，只要我们能拿到它；二是买一台印刷机；三是买一只斗牛犬，大概会叫它约翰。这三件事都令我激动不已——尤其是买印刷机。我还得到一袋糖果，可以带回家吃。

1月27日，星期三

伍尔夫夫人[1]和克拉拉过来吃晚饭。伍尔夫夫人的心智就像孩子。她觉得什么都好笑，却什么也不懂；说话总是不假思索；没完没了地闲扯，心情时好时坏。她告诉我们，过去她临睡前会把一筐袜子放在床边，这样一起床就能缝补。

1月28日，星期四

伦纳德又去跟韦伯夫妇吃午饭了。我决定到伦敦去，只为听一听河岸街的喧嚣。那声音，我想，人在里士满待上一两天就会想念。我总是没法对里士满认真。我过去常来这里远足，这是里士满吸引我的原因之一。不过我偶尔也渴望真正的生活。今天新来了一位仆人。莉齐走了，拎着一只棕色的大纸袋，口哨吹得响亮——我真想知道她会去哪儿。

---

[1] 指伦纳德·伍尔夫的母亲。——编者注

1月30日，星期六

L今天上午去群臣谈霍加斯的事。他们星期一会给我们确切消息。

1月31日，星期天

天哪！我们几乎一上午都在争吵！这个上午开始那么美好，现在却永远沉入了冥河，还带着我们坏心情的烙印。我们是怎么吵起来的，又为何争执不休，只有老天知道。这么说吧：我暴跳如雷，L怒火中烧。不过我们一下子就和好了（但上午已经毁了）。午饭后我们去里士满公园散步，回来时绕道经过霍加斯，想告诉自己即使拿不下它，也不必太过失望。用过茶点，我开始读《智慧的童女》[1]，一直读到睡前，读完了全书。我认为这本书写得不错：有些地方很糟，另一些地方又堪称一流。我想这本书是为作家写的，因为大概只有作家才能体会好的地方妙在哪里，失败之处又为什么不尽如人意。这本书我读得特别愉快。我喜欢L诗意的一面，而现在，这一面已经快被蓝皮书和政治团体给抹杀了。

1　伦纳德·伍尔夫于1914年创作的小说，也是他的第二部小说。

2月1日，星期一

我们去了伦敦——L去伦敦图书馆，我去日间图书馆。我与他步行穿过格林公园。圣詹姆斯街传出响亮的爆炸声。人们纷纷跑出俱乐部，站在原地四下张望。但天上既没有齐柏林飞艇，也没有飞机——我猜应该只是一次严重的爆胎事故。不过我想我和大多数人已形成条件反射，一听到突如其来的响动或在天上看到一个黑点，就以为是爆炸或德国飞机。而且我总感觉自己好像不可能受伤。

我们刚刚接到群臣的电话，通知我们明天去见霍加斯的房东。其实现在看来，我们十有八九能拿下霍加斯。我真希望明天就能尘埃落定。我很确信，它是我们所能租到的最好房子。

2月2日，星期二

好了，明天到了；我们离霍加斯当然又近了一步。我一整天都没法做别的事，也没法想别的事。

2月13日，星期六

今早下了一场倾盆大雨。我敢说无论这日记还会延续多少年，我都不会再遇上一个更严峻的冬天。它仿佛彻底失去了自控。我们

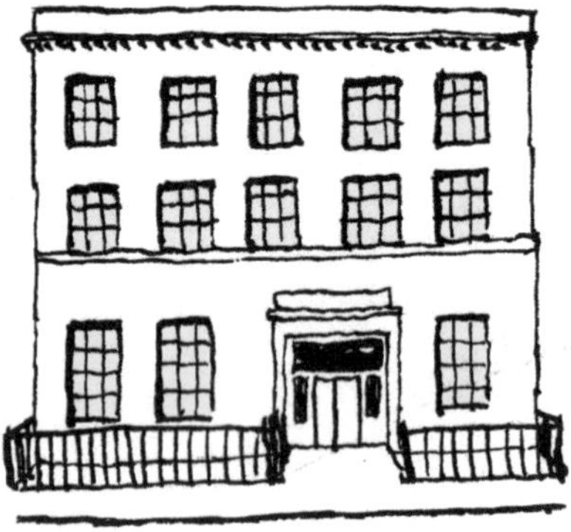

写作。午饭后 L 去了图书馆，我去女王音乐厅听了场音乐会。我运气不错，遇上个好位置，因为场内几乎座无虚席——演出真是出神入化。不过我在欣赏音乐时思考（人很难不走神）的问题之一，是描写音乐的文字都多么苍白和大煞风景。这类文字容易显得歇斯底里，还容易出现那种事后会让作者面红耳赤的话语。乐队演奏了海顿的作品、《莫扎特：第八号钢琴奏鸣曲》、《勃兰登堡协奏曲》，还有舒伯特的《第八交响曲》。水平可以说非常一般，不过旋律实在美轮美奂。我感到这一切无比奇妙。在伦敦的街道中央，坐落着这个小小的方盒，其中充溢着纯粹的美，还坐满了人。每个人都显得那么平淡无奇，他们济济一堂，侧耳倾听，仿佛自己其实并不平庸，仿佛自己还有更高的追求。我烦透了旁边那对年轻男女，他们打着欣赏音乐的旗号来这里抚摸彼此的手。另一些人吃着巧克力，把锡纸搓成小球。

2 月 14 日，星期天

今天又下雨了。我清洗了银餐具，很轻松，也很有益。餐具很快就光亮如新。菲利普来了，跟 L 一起出去散步。他跟我们吃了午饭，饭后一直聊到下午三点半，大概是想谈谈他自己的事吧。然后他就得回科尔切斯特去，那地方也就牡蛎还过得去。

2月15日,星期一

今天下午我俩都去了伦敦。L去图书馆,我去西区逛逛,买点衣服。我真的算是衣衫褴褛了。逛街非常快乐。人到了一定年龄,就不再惧怕高级百货的女店员了。这些商店如今就像仙女的宫殿。我在德本汉姆百货、马歇尔百货这类商场四处转悠,下手时特别深思熟虑,反正我是这么觉得的。那些女店员往往美丽迷人,只是头上都缀着弯弯扭扭的黑色发卷。随后我用了茶点,在夜色中缓步踱到查令十字街,琢磨着要写的词句和情节。人大概就是这么出意外的。我买了一条十便士出头的蓝色连衣裙,此刻就穿着它坐在这里。

1917 年
里士满，天堂路，霍加斯宅
HOGARTH HOUSE, PARADISE ROAD, RICHMOND

10月8日，星期一

我这次突然想重启日记，是因为我从壁橱的一只木匣里翻出了一本日记本。那是1915年写的，现在读来仍能让我们对沃尔特·兰姆忍俊不禁。所以这份日记将会遵循那个计划——那个在下午茶之后随意拟订的计划。对了，L也答应写几页，只要他有话想说。我们今天打算去给他添置一套秋装，再给我多囤些纸笔。这是我度过的最愉快的一天。当然，雨始终下个不停。伦敦好像也没什么变化。我们行经高夫广场。约翰逊医生的家是一栋漂亮的房子，非常整洁，并不像我想象中的那么寒酸。法院巷背后藏着一座小广场，周围全是卖印刷机的。这是伦敦最赏心悦目的一处地方，但我并不想住在这里。

10月9日，星期二

我们惊魂未定。L进来时异常亢奋，我感觉情况不妙。他被征召入伍了。他颤抖的样子看着实在可怜，浑身都在发抖，于是我们给他点起了煤气炉，我们的精神状态才慢慢好转过来。尽管如此，我还是巴不得自己能猛然醒过来，发现这一切都不是真的。

我们校对了K.M.［凯瑟琳·曼斯菲尔德］[1]的短篇小说《序曲》的第一页。小说写得不错，无疑属于那种新式小说。我们去河边散步。傍晚晴朗无风，明天我或许会想写一写这天气。我简直记不清上午有多少人来过电话，阿利克斯［·萨金特-弗洛伦丝］就是其中之一，她显然想来这里工作。我们看见一只红棕色猎犬［可卡犬］，还以为它属于军队，但其实是某人的私产。

10月10日，星期三

空袭没有到来，我们没有再被祖国的需求打扰。我们沿河散步，穿过公园，然后回来提前用了茶点。此刻L正忙着筹建1917俱乐部[2]。我坐在火炉前，等K.曼斯菲尔德过来吃晚饭，到时候会有

---

1 凯瑟琳·曼斯菲尔德（Katherine Mansfield，1888—1923），又译曼殊斐儿，新西兰出生的英国女作家，短篇小说大师，被誉为新西兰文学的奠基人。——编者注
2 1917俱乐部，20世纪早期的一个社会主义俱乐部，由伦纳德·伍尔夫和一些友人于1917年12月共同创立。

许多细节要谈。我们发现与阿什汉姆相比,这里的秋叶落得晚,黄得也晚。要说现在是 8 月也行,只不过有几粒橡子散落在路面——向我们揭示那种促使它们枯萎的神秘法则,否则我们这儿该变成橡树林了。

Wednesday 10 October

10月11日，星期四

昨天的晚餐如约进行，细节也都谈了。遗憾的是，我俩对K.M.的第一印象都是她身上有股气味，闻上去就像一只——好吧，就像我们在街上遛过的一只麝香猫。其实我第一眼看到她有点惊讶，没想到她竟如此其貌不扬，有着如此生硬而粗鄙的线条。然而在这些印象淡去之后，她是那样才智过人、神秘莫测，非常值得结交。我们谈到亨利·詹姆斯，我觉得K.M.带给我很多启发。可怜的L今天得轮番跑医院和委员会。他得重做鉴定。他的体重只有九英石六磅[1]。

10月14日，星期天

我们接到电话，请我们去苏豪区跟贝尔夫妇吃晚饭。但十分遗憾的是，这引发了激烈的争吵。夜里下着雨，L不肯——总之陈年旧账又被翻了出来，还添油加醋。所以我们闷闷不乐地去赴宴，来到皇宫剧院背后，找到吃饭的地方，跟罗杰［·弗莱］、尼娜·哈姆奈特、萨克森与芭芭拉［·海尔斯］，以及一帮仿佛来自威尔斯[2]小说的人物共进晚餐。不过我吃得很开心，L也堪称自制的典

---

[1] 约59.8千克。

[2] H.G.威尔斯（Herbert George Wells，1866—1946），英国著名小说家、新闻记者、政治家、社会学家和历史学家，他创作的科幻小说具有深远的影响。

范。克莱夫的发言有自我中心的倾向，不过他并不像平时那么咄咄逼人。

然后在星期六——发生了什么来着？星期六完全被军队占据。我们又安全了，据说彻底安全了。我军的出现扫平了一切障碍。我在一座宽阔的广场上等待，四周环绕着营房，这场景让我想起剑桥的某个学院——士兵们穿过广场，从一个楼梯口出来，又走进另一个楼梯口；不过这里没有石子路，也没有草坪。这地方给人一种管控森严、盲目坚毅的不佳观感。一只高大的猎猪犬径自穿过广场，我想它大概是军队尊严的象征。L受到不少冒犯：军医在帘子背后管他叫"抖得像个老头儿的小伙儿"。还好我们后来在里士满散了会儿步，驱散了这些印象。赫伯特［·伍尔夫］来用茶点，带来了那只叫锅匠的小狗，它胖墩墩的，特别活泼，大胆又莽撞，毛色棕白相间，一双大眼睛闪闪发光。我们带它去散步，可它立刻就挣脱了，它越过围墙，闯进几道敞开的门，就像精灵在徒然寻觅某件不可得的东西。我们很担心管不住它。

阿利克斯和莉莲［·哈里斯］要过来吃晚饭。

10月15日，星期一

阿利克斯和莉莲昨晚还是老样子。阿利克斯依然带着那种清醒的绝望，她可靠、宽宏，嗓音低沉得有如地下煤窖。不过我们感觉她很想得到这份工作。她明天会再过来确认。

10月16日,星期二

午饭后我们开始认真印刷。阿利克斯准时来了,她听完交代就留在那张高脚椅上。我们则带着锅匠出门散步,它越过一道胸墙,又跳上一条盖着油布的小船,跌进油布里又钻出来,毫发无伤,不过受了惊吓。我们回到家,阿利克斯郑重其事地一字一句告诉我们,两小时的排版工作让她厌倦又焦虑,她不想干了。某种对工作价值与工作动力的病态审视,加上极端的懒惰,促使她做出这个决定。我看她以后还会一再这样做。她很有头脑,却缺乏足够的活力让大脑持续运转。

10月17日,星期三

今天下午我参观了希尔斯大厦的摄影展。奥托琳[·莫雷尔]显得不大自在,她紧紧裹在那件黑色的天鹅绒外套里,帽子大得像遮阳伞,珠光色缎子领,还画了眼影,头发呈金红色。不消说,我自然是什么照片也没看着。奥尔德斯·赫胥黎[1]来了——他身材颀长纤瘦,一只眼睛白得浑浊。我们与罗杰一起用了茶点。我明显感到气氛紧张——奥特[2]无精打采,躲在高不可攀的贵族派头背后,

---

1 奥尔德斯·赫胥黎(Aldous Huxley,1894—1963),英国作家,来自著名的赫胥黎家族,《美丽新世界》是其代表作。

2 奥托琳的昵称。

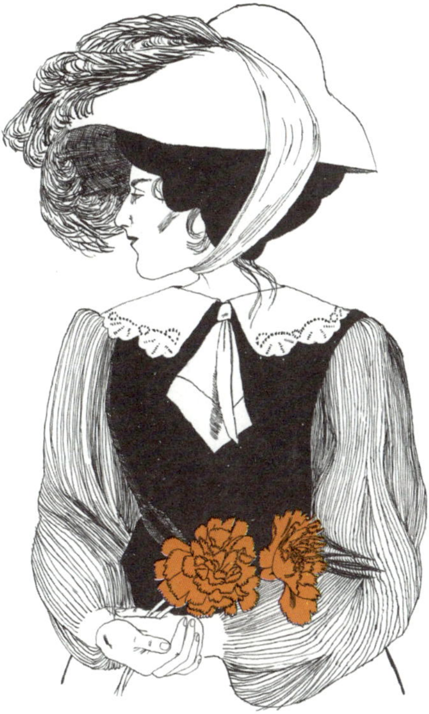

这向来令人沮丧。我和她冒雨走到牛津街,她给我买了一束红色康乃馨,但并不真挚。

10月19日,星期五

我们一致认为,卡［·考克斯］甜美的个性压倒了那种几乎将她的魅力扼杀殆尽的官僚作风。不过她对办公室生活倒是无师自通。她留下来过夜,然后拎着皮包去赶早班火车。我收到了内莎[1]的来信,信里提到仆人问题,所以我下午去了亨特太太［家政服务机构］。结果连个客厅女仆都没找着。我熟练地换乘火车来到风神音乐厅,买了票,欣赏了一场悠长美妙的舒伯特八重奏表演。散场时我看见一个两鬓斑白、发丝凌乱、没戴帽子的女人,是阿利克斯。我们去斯派金斯用下午茶。她身上有种特立独行、不为外貌所扰的特质,我十分欣赏。不过我俩在多佛街来回漫步时,她却仿佛随时准备掀起平时那层嬉皮笑脸、飞短流长的面纱,露出底下阴沉的绝望——这可怜的女人。"你今后打算去哪儿呢,阿利克斯?""我真的不知道。""唉,别这么丧气嘛!难道你不向往,比方说明天上午十一点钟吗?""我只希望它不存在!"于是我告别了她,留下光着脑袋的她在皮卡迪利广场漫无目的地独自游荡。

---

[1] 内莎是弗吉尼亚·伍尔夫的姐姐瓦妮莎的昵称。——编者注

10月20日，星期六

幸运的是，或者阿利克斯可能会说不幸的是，她大概并没在皮卡迪利广场逛一晚上，否则那枚掀翻斯万·埃德加百货对面人行道的炸弹可能会让她送命。我们后来得知飞来一艘齐柏林飞艇，在无人注意的情况下盘旋了一两个小时才离开。

10月21日，星期天

利顿［·斯特拉奇］来吃午饭，戈尔迪［戈兹沃西·洛斯·狄金森］来吃晚饭，所以我们大概有六七个小时都在说话。我们沿河散步，又一次穿过公园。利顿心情大好，他刚完成一部十万字的作品［《维多利亚名人传》］，虽说他现在假装这本书出版不了。他打算离开伦敦，在乡下"永久定居"。朋友想做出新的尝试是件好事。但可怜的老戈尔迪显然已经过了那个阶段。战争好像已经彻底侵占了他的身心，没留任何余地。其实他看上去十分瘦弱而疲惫。无比正派，无比迷人，无比忠实，每一分精力都用得恰到好处。或许尝试新事物对他而言的确太迟，或许他的确不够好奇，但他特别温和，特别有同情心，年轻男子若是具备这些品质，就会显得多情。

10月22日，星期一

今晚满月当空，傍晚的列车上挤满要离开伦敦的人。下午我们看到了皮卡迪利广场的弹坑。车流被拦腰截断，人们迈着沉重的步伐缓缓经过那里。斯万·埃德加百货所有的窗户都以布袋或木条遮挡。能看见购物的女人从遮挡物背后向外张望："照常营业"，她们仿佛在说。不过我们的伦敦图书馆完好无损。我们找到想读的书，然后乘地铁回家，一直站到哈默史密斯站才坐下。这才刚刚到家。

10月23日，星期二

我得承认，我又漏记了日记。不过要是没心情还勉强动笔，我肯定会对它心生抵触，所以它存续的唯一机会就是乖乖地接受一次次的漏记。不过我记得我们散了步，印了书，玛格丽特〔·卢埃林·戴维斯〕来用茶点。这些老妇人变得多白皙啊！只可惜她们苍白的皮肤就像蟾蜍皮一样粗糙：玛格丽特尤其容易丧失她那种瞬息乍现的美。这次我们被淹没在对联合革命的讨论中。我不时被它的尾部鞭笞，提醒我不要忘记自己在这个重要的领域是何等无足轻重。我有点压抑，总想挑刺——都是因为气场不合。我想L对戈登广场大概也有同样的感受。

10月25日，星期四

　　萨克森和芭芭拉来吃晚饭。萨克森还像平时跟芭芭拉在一起时那样——温柔如水，会发出热水烧开的声音，但不是滚开，而是微微沸腾。当然这并不是在说话。她只会聊些简单直接的东西，L和我都有点昏昏欲睡，不过我们还是决定让她接手印刷工作。我星期一要跟萨克森到阿什汉姆去。

10月28日，星期天

　　空袭依然没来，可能是被傍晚的雾气阻挡了，不过此刻夜空晴朗无风，一轮明月高挂苍穹。这周那一大批逃离伦敦的人应该傻眼了吧。

11月2日，星期五

　　L这会儿正在别根海特讲课，然后他大概会连夜穿越整个英格兰，回到我身边。我感觉自己好像一直在来回踱步，不断活动，为身体取暖。我觉得阿什汉姆和查尔斯顿本质上都是我转移注意力的手段，好不去思考自己是多么古怪、多么孤独。当然，我不是指字面意义上的孤独。昨天查尔斯顿下了一整天雨，所以我一直待在室内：上午写作，午饭后待在画室。邓肯画了一张桌子，内莎临摹了一幅乔托。我一口气倾吐了所有的八卦。其实这两位画家都很高大，也毫不腼腆；他们脑中有个开阔平整的空间，而我脑中同一部位却布满尖刺和岬角。尽管如此，我依然想不出谁能比内莎抓得更紧，扑得更准。她有两个思维非常活跃的小男孩供她练手。我喜欢她给人的感觉，好像一切都能为她所用。我是说这样很好，活得很实在，而不是生活的外行，就像邓肯和邦尼［·加尼特］，他俩在某种程度上的确不懂生活。我想这大概是因为她有了孩子，有了责任，不过她在我印象中一贯如此。她对客观真实怀有强烈的爱。

不过我很高兴能回来，感觉找回了真正属于自己的生活——在这里与 L 共度的生活。每当他不在，我不能捕捉自己内心的每次震颤时，我的个性就仿佛在空间中回荡。这句话真是费解，不过感觉的确神奇——就好像婚姻能让乐器的音色更加悦耳，而独处则会发出刺耳的声音，如同没有乐队或钢琴伴奏的提琴。今晚沉闷又潮湿，所以我该睡了。

11 月 3 日，星期六

我差五分七点醒来，躺在床上侧耳倾听，却什么也没听见；八点左右，就在我快要放弃的时候，L 开门的声音传来，然后他就出现了！他像老鼠一样蹑手蹑脚地开门进来，自己吃了早餐。我们促膝长谈，琴瑟再度和鸣，带来无限满足。

11月6日，星期二

令人伤心的是，此时此刻，下午五点半，锅匠不见了。它被放进花园，多半是逃走了。我们乘公共汽车去了金斯顿，抱着最后的希望去了征兵办公室，在那个熟悉的房间（里面摆着两把木椅，挂着毛巾和卡其外套）等了一会儿，然后L被叫进去，拿到了那张证明他"终身残疾"的证书。我们觉得这张纸大概能卖五百英镑[1]。可是西班牙猎犬走丢了，我们真的非常难过，我们已经渐渐喜欢上它了。

11月10日，星期六

另一件令人难过的事是我居然这么多天没写日记——有两天是因为我晚上出了门，而第三天，也就是星期五，是因为我心里很郁闷，而且我和L都火气很大，写不了东西。先来说说那些消遣吧。内莎来了，我一下午都待在布鲁姆斯伯里。我去了欧米伽，罗杰在那儿带着三个法国女人看展，他还是老样子，好像对法国人的言谈举止格外欣赏。那些肖像画在暮色中泛着微光，我印象最深的是格特勒夫妇，瓦妮莎那张也很棒。至于邓肯，我觉得有点俊俏，或者几乎堪称俊俏。内莎过来之后我们就一起离开了，路上我买了件杏

---

[1] 按照2022年7月22日的汇率，1英镑大致相当于8.1人民币。——编者注

Tuesday 6 November

色大衣。我在戈登广场喝了下午茶,这地方重新装修之后就一直让我摸不着头脑,连个客厅也没有。我在星期四那场晚会之前就做了这些,我为这场晚会长途跋涉,穿过积水和污泥,耗费了生命中整整两个小时,不过我乐在其中。又是熟悉的感觉:处在亲切而激动人心的氛围之中,平时挂念的人都聚集一堂。不少头发蓬乱的年轻姑娘坐在地上,穿着琥珀色或宝石绿的衣裙。我大部分时间跟奥利弗［·斯特拉奇］待在一起,一到十点我就起身告辞——堪称美德的表率,如果真有这么一说的话。现在来看看这郁闷是怎么回事。L暴躁、沮丧,对我不冷不热。我们睡下。我半夜醒来,一股挫败感油然而生,心中满是委屈。这感觉挥之不去,一波未平一波又起,持续了整整一天。我们在寒风中沿河散步,头顶是铅灰色的天空。我们一致同意少了幻觉的生活实在可怕。但幻觉却迟迟不肯回来。不过到了晚上八点半左右,它们还是回来了,回到火炉前。我们直到睡前都心情愉悦,用几个笑话结束了这一天。

11月12日,星期一

今天我们去了伦敦,这是星期一的惯例。我们去了欧米伽,结果罗杰也走了进来,这让我有些尴尬:一是因为他自己的照片就挂在这里,二是因为我不愿当着他的面谈论艺术。不过他的桌子还没画完,就消失了。然后我们去了戈登广场,开门的果然是克莱夫。他把我们请进门,结果玛丽·哈钦森也在,她坐在一把宽大的扶手椅上。我觉得这可怜的女人长得就像一弯月牙。她看上去总是那么沮丧，那么顺从。

11月13日，星期二

今天下午我们开始印刷，把［《序曲》的］第一页印了三百份，不过我们应该为重印而高兴，尽管大部分效果很好。L在写一篇要在哈默史密斯做的演讲，我要主持妇女联合协会的会议。

11月14日，星期三

L做了演讲，我也主持了会议。我始终不明白那些女人为什么要来，除非她们喜欢坐在不属于自己的房间，里面既没有暖气，也没有灯光，只有别的女人坐在别的椅子上。她们显然并没有专心听讲。

11月15日，星期四

我们又印了一页，一直印到下午茶时间，非常成功。然后我们乘着微暗的暮色去见那个小个子印刷商［普罗普特印刷公司老板］，他现在随时会过来看放置印刷机的地方。

11 月 19 日，星期一

我们差不多印到最后一页时，那个小个子印刷商来了，待了一个小时左右。我们用预付的十英镑买了冲切机，又提出印刷机必须在 1 月 14 日之前送到。星期五我们听了场音乐会，在乐队奏响那支英国乐曲时离场。我们在斯派金斯用茶点，跟几位上流人士一起；他们看上去就像马上要被抓去洗冷水澡的宠物狗。他们谈论汽车如今是多么紧俏。我买了一双丝袜就回家了。丝袜是为加辛顿的活动买的。我们两小时前刚从这场冒险中回来。我很难从总体上评价这场活动，只能说它基本符合我的预期。人们三三两两地聚在一间封蜡着色的屋子里：奥尔德斯·赫胥黎摆弄着几只象牙和大理石制成的大圆盘——那是加辛顿的西洋跳棋；[多萝西·] 布雷特穿了裤子；菲利普［·莫雷尔］把自己严严实实地裹在上等皮革里；奥托琳还是老样子，穿天鹅绒，戴珍珠，牵着两只哈巴狗；利顿半躺在一张宽大的椅子上。这里繁复的装饰太多，缺乏真正的美感，而且香气太浓，丝绸太多，温暖的空气略显沉闷。一大群人整个星期天都在各个房间之间穿梭。下午茶过后，我跟奥托琳守着炭火待了差不多一个多小时。总的来说，我对她的印象好过她那帮朋友，这让我更容易喜欢上她。我觉得活力充沛是她的优点之一，而且单独聊天时，她那股明白无误的聪明劲儿盖过了她的自负。加辛顿的情形固然可怕，不过对局外人而言，奥托琳、菲利普和加辛顿府都让这场晚会非常值得参加，只是很少有人领情。有鉴于此，我认为奥特全力以赴的姿态值得肯定，她当然尽了全力。我们受到最周全的招待；晚会上有丰盛的食物；谈话常常冷场，不过是因为大家说得实在太多。L 跟菲利普单独聊了几句，让他今天去议会一趟。菲利普是个孱弱、和善、饱经沧桑的男人，大体上随遇而安，会把看不惯的人往好处想。

11 月 22 日，星期四

芭芭拉星期三来上班了，机器也全面投入运转，我们的字母 K 用完了，所以她只排出四行。不过她排得又快又好，很有前途。她从温布尔登骑车过来，她尖尖的小脑袋、红润的面色和鲜艳的背心，让她看上去有点像某种灵活的鸟。不过我觉得这种表现力十足的外形好像并没什么特别之处。

我跟罗杰吃了晚饭，又见了克莱夫。我们坐在一张铺着印花桌布的矮方桌前，面前的每道菜里都有一种不同的豆子或生菜。吃点好的，换换口味。我们喝了葡萄酒，最后吃了加糖的绵软白奶酪。饭后，我们愉快地克服了性格障碍，谈起文学和美学。罗杰问我写作时更注重韵味还是结构。我认为结构离不开情节，所以选了"韵味"。我们又讨论了结构和韵味在绘画与写作中分别代表什么。然后我们谈到莎士比亚，罗杰说乔托也能在他心中唤起同样的激情。我们聊着这些，一直聊到十点整我起身告辞。我们还谈到中国古诗，克莱夫认为那些诗歌离我们太远，很难理解。罗杰对比了诗歌与绘画。我喜欢这一切（我是指这一席谈话）。这种氛围能让人不断萌生新的想法，并毫无顾忌地表达，再得到理解——或是反对。老罗杰相当悲观，不是对我们的生活，而是对这世界的前景。

11月26日，星期一

今天我带着手稿去了伦敦，而伦纳德——这段记录不知为什么中断了。不过我记得L在伦敦图书馆见到了德斯蒙德［·麦卡锡］。他俩一起在俚语词典里查找那个f打头的字眼，沮丧而惊讶地发现那一页布满了图书馆读者的手指印。相比之下，我这个下午就过得纯洁多了。不过我在寻找印刷厂广场时完全迷了路，这可不是什么值得骄傲的事。最后，一位穿制服的好心人带我找到了《泰晤士报》报社。

12月3日，星期一

星期六L在汉普斯特德做了一场讲座。但我们不得不乘地铁匆匆赶往莱斯特广场，去跟芭芭拉、萨克森和一位年轻女子吃晚饭；

然后再去老维克剧院看《费加罗的婚礼》。演出很棒。美不胜收，表演浪漫而幽默——臻于音乐的极致、歌剧的极致。

星期天，我们得知塞西尔［·伍尔夫］牺牲了，菲利普负了伤。

12月5日，星期三

学徒给我们造成了沉重的负担。一方面，她在场时我们总有点放不开手脚。或许是因为她太年轻了吧，炫目的青春在她周遭反射着耀眼的光。另一方面，她人很不错，体贴周到，我们可以对她开诚布公。真正的问题在于她的工作质量。今天L白白浪费了一整天时间，就因为想用她排的一页没固定好的版印刷。另一页则必须拆下重排，她做的全是无用功；连无用功都不如，考虑到L浪费了那么多时间。今天又是严寒的一天。

12月6日，星期四

我们几乎没去想空袭的事。今晚夜空萧索，月亮十一点才现身。但我凌晨五点就被L唤醒，随即听见一阵炮声：我全部的感官仿佛都穿戴整齐地惊跳起来。我们带上衣物、被子、一只表和一只手电筒，就在我们下楼来到厨房走廊，跟裹着被子的仆人们坐到一起的过程中，炮声越来越近。炮声又渐渐远了，最终停止。我们取下披着的被子，回到床上休息。可是不出十分钟那儿就待不得了。炮声显然来自邱园。我们又从床上弹起，比上次更加慌乱。仆人们显得镇定自若，甚至有说有笑。有一阵子，炮声响亮到让人误以为炮弹是先爆炸，然后才发出升空的啸叫。随后是一阵静默。有人给我们做了热巧克力，然后我们又下了楼。我们的听觉已经被训练得十分敏锐，所以很难在短时间内做到不去倾听。时间已过早上六点，我听见手推车被推出车棚，汽车低声轰鸣。我还听见一声鬼魅般的长长哨音，大概是比利时工人又被叫回了军需工厂。最后我听见远处传来军号声。此时 L 已经入睡，但尽职尽责的童子军却来到我们所在的街道，一心一意要把他吵醒。

今天我们印了书，也谈到这次空袭。据我买的《每日星报》说，空袭是由二十五架哥达式轰炸机执行的，战机分成五队发起进攻，被击落两架。今天是个晴朗无风的冬日，所以明早五点半左右大概会——

12 月 7 日，星期五

不过空袭并没发生。随着月光日益黯淡，我们无疑能过上一个月安生日子。今天学徒没来，这是好事，让人有放假的感觉。内莎去办保姆的事，所以我下午晚些时候去了戈登广场，坐进一张宽大的软椅。我独自坐了二十分钟，读着一本关于儿童与性的书。内莎过来之后我们一起去用茶点，结果发现克莱夫和玛丽也在；又是我们几个。他们还是那么对我胃口：活力充沛，消息灵通；真诚地关心每一种艺术、每一个人。我想 L 多半对此不敢苟同。我判断的依据是我思维的活跃程度。玛丽·哈钦森并没怎么开口，但她流露出一种无声的感同身受。内莎得去罗杰家一趟，我陪她步行过去，顺道为晚餐会买了些香肠和奶酪。罗杰很快就要成为真正的画家了，专画不讨喜的写实肖像。

12 月 9 日，星期天

利顿来用茶点。我独自在家，L 到玛格丽特那儿去了。下午茶十分愉快。利顿是我所有朋友中最好相处的一位。我指的不是热情、能干、想法新颖之类的，而是指一个人接受度高，心里没那么多陈规或障碍。当然，他还拥有出众的表达天赋，虽然（我认为）并没完全体现在他的写作中，却让他在某些方面成为我所有可以倾诉的好友中最知心、最善解人意的一位。不仅如此，他还奇特地变得越发温柔、和蔼、体贴，或者说是把这些特质更充分地展露了出来。总之，这一切，再加上他独特的思想、风趣的谈吐与过人的才智，让他成为一位不可取代的朋友。我似乎能与他亲近，我很少对人产生这种感觉。因为除了趣味相投，我还喜欢并理解他的感受，即便是那些变化无常的感受，比如在卡林顿的事情上。顺便，他每次谈起她时总说不中听的实话，尽管不带任何恶意。"那女人会让我备受困扰。我敢说——她不会让我写作。""刚才奥托琳说你总有一天会娶她的。""天哪！想想都够了。要说我有什么笃定的事，那就是我决不会再婚——""可她要是爱上你了呢？""好吧，那她就只能碰碰运气了。""我想我有时会嫉妒——""嫉妒她？不可思议——""你还是更喜欢我，对吧？"他说当然。我们哈哈大笑。他给我们带来了他的"戈登"[1]。明天他会把那本书带到查托与温达斯书局去。

12月11日，星期二

学徒让我备受折磨。我承认我跟芭芭拉说话时总带有深深的倦意。她摆出的完全是她看到的事实——都是微不足道的小事，关于保姆，关于房子。她一刻也没质疑过自己的能力：她那么好，那么诚实，那么明事理，哪有什么缺点。时间就这样过去了，她错过了火车，只好再等一班——一直等到六点十分。而我整个傍晚都在烦恼中度过，只觉得自己就像站在滴水的龙头下面。

12月12日，星期三

上午完全被洛蒂［·霍普］的眼泪和抱怨给毁了。她觉得工作过于繁重，最终提出涨薪，并说那其实是她轻而易举就能挣到的数

---

1 指的是利顿·斯特拉奇著作《维多利亚名人传》中的戈登将军。

字,还有内尔［·博克索尔］也可以。我发了火,让她尽管去挣。内莉上来,以安抚的姿态责怪洛蒂不该冲动,但也指出我们印刷室的环境是何等恶劣,何等脏乱,还有活儿怎么也干不完;她们2月就想提出涨薪了——别人的工钱都涨了。我俩始终和和气气。但洛蒂的冷嘲热讽让我很不是滋味——最后她离开了。

12月13日,星期四

经过仔细斟酌,我决定把与洛蒂和解的时间安排在上午十一点整,控制在十五分钟之内。她抽抽搭搭,后悔不迭,收回了她说的每一句话;号称她根本没有劳累过度,我们请客越多,把家里弄得越乱,她越高兴。她吻过我就离开了,像个惭愧的孩子,给我留下一种怜悯与(或许是)自得交织的复杂感受。穷人缺乏机遇,也无法用礼仪或自持保护自己;诚如吉辛[1]所言,贫穷使人卑微。

12月17日,星期一

我应该提到过,星期一是我们的采购日。不过我忘了昨晚莫

---

1 乔治·罗伯特·吉辛(George Robert Gissing, 1857—1903),英国小说家,起初遵循自然主义传统,后来成为维多利亚时代后期最杰出的现实主义作家之一。

莉·麦卡锡和沃尔特·兰姆——

我忘了当时进来的是谁。不过这也正常,因为现在已经是*1918年1月3日星期四*[1],我们刚从阿什汉姆回来。不过我记得年末那几天见了不少人。我能想起来的有沃尔特和莫莉。我还记得我们招待了卡,她打算辞职。之后那天晚上我们又招待了鲍勃[R.C.特里维廉],他在衣兜里鼓鼓囊囊地塞满了格鲁吉亚诗歌,大谈书籍、印刷费用和销量,就在他滔滔不绝时,内莉冲进来说防空警报响了。于是我们把晚餐会转移到地窖。鲍勃喋喋不休,弄得我们必须走到窗前才能确认是否有炮声传来,尽管炮声其实十分响亮。在那之后——就在第二天晚上——我们去了1917俱乐部餐厅;两百来号人在一张张大长桌上狼吞虎咽。之后那天我们出发前往阿什汉姆,经历了有史以来最糟糕的旅程——持续五小时之久;大部分时间滞留在克拉珀姆交会站;雾大,严寒;每走一两分钟就停一次。我记得我们坐车出来,发现路上大雪堆积,不过一踏进客厅就顿感神清气爽,只是我们没了牛奶。这是最寒冷也最美好的圣诞节之一。我俩很庆幸能单独过节。梅纳德和克莱夫照例来看我们。不过我最喜欢阿什汉姆的一点就是在这儿我能读书。这真是妙不可言:散步回来,在壁炉旁喝着茶,读得手不释卷——读《奥赛罗》,或者任何一本书。读什么好像并不重要。还有那些树,枯瘦而片叶不生;树干呈深棕色;往日的时光穿过雾霭汹涌地袭来。运动者形单

---

[1] 应该是弗吉尼亚·伍尔夫在这一天补记了1917年12月17日的日记。——编者注

Monday December 17

影只,在沼泽上打鸭子、射击。早上窗户几乎总是被冻住,每块玻璃上都凹凸不平地结满冰霜。鹌鹑会飞来卧在地里,看着就像没有生命的小疙瘩,大概有点冻僵了吧。

对了,克莱夫带来一本小小的诗集,为圣诞平添了一丝生气——那些散文华美得令人惊叹,诗行优美轻盈,反正我是这么觉得,也就是说 L 不一定同意。

就这样,我们来到了岁末。我无论如何也无法将这一年概括,甚至做不到最后瞥一眼晚报,报纸是刚送到的,上面登着来自苏俄的消息。L 读罢说:"这局势真是耐人寻味——""接下来会发生什么呢?""没人会知道。"

1922年

3月12日,星期天

这本日记的内容越来越单薄。不过我还有很多人物描写可以放进来——因为我一直在见人、见人,还是见人。艾略特[1]、克莱夫、维奥莱特——其他人暂且不论。最让我开心的要数艾略特——他变得像鳗鱼一样柔顺。是的,他已经跟我们熟络起来,开起了玩笑,非常友好,不过也保留了一丝权威感,但愿如此。我可不能把我的神身上的彩漆全都舔掉。他正着手办一份杂志,准备邀请二十个人撰稿,包括伦纳德和我!所以,就算报纸把凯瑟琳·曼斯菲尔德捧上了天又如何?就算她的书大卖特卖又如何?啊,我找到了安顿她的好办法。她被捧得越高,我就越认定她写得不好。所以我们都谈

---

[1] T.S. 艾略特(Thomas Stearns Eliot,1888—1965),英国诗人、剧作家、文学批评家,代表作有《荒原》《四个四重奏》等。——编者注

了些什么呢？艾略特写了一首四十页的长诗，我们会在秋天将它付梓。他说这是他最好的作品。他对它非常满意，一想到自己书桌里的保险箱就感觉胜券在握。据玛丽说，克莱夫宣称他会把紫色的粉末涂在脸上，好让自己看上去形容枯槁。我跟克莱夫见得很频繁。他星期三来了，红光满面，叽叽喳喳，一副快活样，一个老于世故的男人。够了，我跟这位老朋友、老情人见得够多了，不能再让他来扰乱我的下午。可是，我的天哪，在幽闭了九个月之后，我真想跳到墙外去采点鲜花。偷采并不违背布鲁姆斯伯里的道德准则。我乐见一段感情，一段中年人的感情，因变化而催生新的体验。

之后，我巧遇了行色匆匆的摩根。他那天刚好在伦敦，于是过来看看，我们觉得他的情绪已经低落到近乎空茫的地步。回到韦布里奇，回到一栋距离车站一英里[1]远的丑房子里，回到他那个大惊小怪、吹毛求疵的母亲身边，离开了他的印度王公，也没写出一部小说，根本写不出来——我想，这对于一个四十三岁的人而言想必相当绝望。想到"b们"[2]的中年，人很难不心生恐惧。不过他很有魅力，十分坦诚，凡是我们问到的都一一作答。一年没见，我攒了一肚子话，瓶子一倒过来就哗哗往外流淌。他给我们讲了盘旋在皇宫上空的麻雀——没人嫌它们烦。"我那会儿偶尔会冲它们大喊。松鼠会停在钢琴上。我还会去湖上泛舟，那感觉特别好。印度人太粗壮了，不适合泛舟。那里有黑色的山峦。气候宜人，只是略显

---

1 1英里约等于1.6千米。——编者注
2 或指布鲁姆斯伯里团体（Bloomsbury Group）的成员们。

单调。鸟类就只有麻雀。另一些地区有很美丽的鸟——会让我想到你,弗吉尼亚(我听了很高兴)。我过得不错,但人总希望能有个说话的人。那儿比这儿好多了。再次望见故国的山崖时,我心情并不激动。"这我看得出来。他走了,带着一只沉重的金属盘子,去普特尼跟罗莎莉姑妈吃饭。

6 月 11 日,星期天

可耻!可耻!可耻!从 4 月 27 日到今天,一个字都没记。而我现在写这篇日记也只是为了不去誊写一两页《雅各的房间》。每次从罗德梅尔回来,沮丧的感觉总是格外强烈。或许,最近居高不下的体温也在一定程度上造成了我情绪的波动。不过在罗德梅尔那十天过得平静安然。在那儿,我过着纯精神的生活——轻易就能从写作状态切换到阅读状态,其间穿插着散步——步行穿过草甸上高高的草丛,或是登上山丘。因此,从罗德梅尔回来之后,我自然是一片空白——忘了为什么空白,也忘了这片空白原本是什么。

6 月 23 日,星期五

我想我大概是光顾着工作,光顾着聊天,所以一直没翻开这本日记。还忙着在下午茶之后誊写《雅各的房间》。聊天的对象是拉尔夫，谈的全是情爱、谎言之类的话题。我家就像来了一头愤怒的公牛——一个深陷爱河、受了欺骗的正常英国男人。他的愚蠢、盲目和麻木比爱的激情这神奇的美德更令我印象深刻。我起初是相信他的——他说卡林顿在原则问题上撒了谎，永远毁了他们的关系。但他隐瞒了一些关键信息，没说他是怎么对待她，导致她说谎的。他的激情就像书上写的那样，而他并不认为这有什么问题："可这就是我啊。""你像个疯子。"我说，其实是在回家的火车上大声喊出来的，在听完罗杰的演讲之后。"你要是那样对我，我也会离开你的。"他没吭声。令我印象深刻的是，阳刚之气竟是如此愚蠢。

我们见了不少人。罗杰那几场演讲成了聚会的理由。艾略特上个星期天来家里吃饭，朗诵了他的诗歌。他吟唱它，诵读它，赋予它节奏。诗中的语句、对称性和张力都彰显出无与伦比的美与力量。我说不清是什么让它浑然一体。但他一直朗诵到不得不匆匆离开，所以我们来不及讨论。然而我听罢心潮澎湃。这首诗叫作《荒原》。玛丽·哈奇[1]在更安静的环境中听过他朗诵这首诗，把它解读为汤姆[2]的自传——一部忧郁的自传。是的，玛丽在楼梯上吻了我，在回忆录俱乐部[3]的聚会结束后，当时利顿和摩根正在读书。这个吻的尺度让我没有任何暗示与揣度的空间。他们心口如一，能说

---

1 即玛丽·哈钦森。

2 指的是 T.S. 艾略特。后文提及汤姆，如无特殊说明，也是指艾略特。——编者注

3 布鲁姆斯伯里团体成立的一个分享回忆录的秘密俱乐部，由作家莫莉·麦卡锡在 1920 年发起，成员包括弗吉尼亚·伍尔夫、瓦妮莎·贝尔、E.M. 福斯特、邓肯·格兰特、罗杰·弗莱、克莱夫·贝尔、伦纳德·伍尔夫、德斯蒙德·麦卡锡等人。

会道，却依然让人捉摸不透。摩根——他已经康复，又能四处走动了——看上去非常镇定，非常安详，像一只水壶在隐秘的火焰上沸腾。他在这儿住了一晚，我们围坐在桌旁谈他的书。格林小姐在用打字机眷抄《雅各的房间》，它将于 7 月 14 日横渡大西洋。之后，我将迎来一段充满怀疑与情绪波动的时光。

7 月 17 日，星期一

刚从加辛顿回来，心绪太乱，无法写作——不过写日记其实也算不上写作。写日记，对我而言就像挠痒；或者如果写得顺畅，就像泡澡——这显然是我在加辛顿没能享受到的待遇。没有任何突发事件能灼透这寒冷多风的长日。我喜欢老［奥古斯丁·］比勒尔讲的那些故事。他犹如一桶佳酿，发酵得恰到好处：酒桶浑圆、紧实、醇香；桶中的美酒澄澈甘醇，也不乏风味。奥托琳给自己布置了一间绿色的小书房，里面有镀金的柱子，以纸页泛黄的美丽书籍填充。我坐在里面，俯身烤火。我们聊了几句，双方都有些拘谨——聊得大抵也很空泛。她说她曾灰心失望，不过现在已经对失望习以为常。于是我们以奥尔德斯·赫胥黎为例——一个不恰当的例子。默里央求并哼哼唧唧地抱怨着要加入谈话，大概是考虑到牛津的荣誉吧，比勒尔机智地揶揄。不过我们依然没有提高音量——她两天前不是刚做过肾脏手术吗？但她却迸发出充沛的能量，有如一道挥舞的皮鞭。

《国家》杂志邀请伦纳德去接任［H.N.］布雷斯福德的职位［主笔兼国际问题专家］，他准备答应下来。

我在给《雅各的房间》收尾。格里泽尔［一只狗］现在归我们管了。我们在客厅里吃晚饭——餐厅让给了印刷厂和拉尔夫（他把我俩都搅得心神不宁）。我的体温依然如故，汉密尔医生认为我右侧的肺叶可能有问题。但弗格森医生不这么想。要想确诊，我大概只有再去找塞恩斯伯里医生看看了。

罗德梅尔，蒙克屋

8月3日，星期四

我每年会两次订立目标——分别在8月和10月。我8月的目标是希望自己能在工作上更有条理，做到顺势而为而非逆流而上。根据我的经验，目标往往会因为勉强而落空。现代科学告诉我们不要跟享乐作对，而阅读就是我的享乐。

上周一，我们在科穆尔西奥［餐厅］跟克莱夫和罗杰吃了顿饭，给这个社交季画上了句点。罗杰带着画进来，发丝飞扬，衣襟翻飞，他张着嘴，东张西望。我们像往常一样聊天。克莱夫讲了些八卦。饭后我们去了戈登广场。内莎得了腮腺炎，在楼下休息。邓肯信步走进来，秀发纤软，神情恍惚，一如既往地和蔼可亲。罗杰摘掉画上的罩布，靠着沙发立起洛根［·皮尔索尔·史密斯］的两幅肖像。"嗯,这应该是我画得最好的肖像了。"他说。他今年大概55岁了,依然坚信自己不久就能以应有的方式作画——这是一种仁慈的赦免,是悬在他面前的诱饵,诱使他穿过荒漠。不过罗杰并不认为那是荒漠。他所有的官能都被调动、被磨光,其中一些可以说濒临枯竭。他很痛苦,去看了医生,疼痛,颤抖,却始终没有起色。这是个完美的男人——我曾当着他的面这样说,也的确这样相信。他今年夏天要去跟德兰[1]一起作画。如今,这已经成了他的执念——一定要画画、画画、画画。除此之外,任何事都不值得做。

昨天,我在散步时登上了阿什汉姆的山顶,沿途看见了成片的蘑菇。从那里望去,阿什汉姆的房子略显呆板、僵化,村庄看上去十分闭塞,在这片景致的映衬下显得死气沉沉。不过花园是个小小的亮点——开阔而空气清新,还能眺望山丘。

8月16日,星期三

我现在应该去读《尤利西斯》,寻找支持它与反对它的理由。目前我已经读了200页——还不到三分之一。头两三章我读得很愉快,兴奋、入迷又兴致盎然,随后我感到困惑、厌倦、气恼和失望,如同目睹一个焦虑不安的大学生在抓挠他的粉刺。而汤姆,

---

[1] 安德烈·德兰(André Derain,1880—1954),法国画家,20世纪初期艺术革命的先驱之一,与亨利·马蒂斯共同创立了"野兽派"。

伟大的汤姆，却认为这本书足以与《战争与和平》媲美！在我看来，这似乎是一部无知而粗野的作品：出自一位自学成才的工人之手。我们都知道这类人的生活是何等艰辛，也知道他们是何等妄自尊大、不依不饶、原始粗犷、引人侧目——总而言之令人反感。我既然能吃到精致的熟食，又何必去啃粗糙的生肉呢？不过我想，要是你患有贫血症，像汤姆那样，那鲜血自然会令你欣喜万分。但作为一个相对正常的人，我很快又做好了阅读经典的准备。我之后或许会改变看法。我不会让自己的文学眼光受损。我在地上插了根树枝，作为读到第 200 页的标记。至于我自己的写作，为了写《达洛维夫人》，我正在头脑中奋力地挖掘，拉起一只只盛满光芒的提桶。

对了，还没说我们在伦敦都做了什么呢——找塞恩斯伯里医生看病，找弗格森医生看病。他们就我的身体状况进行了一番合法性存疑的讨论，最后给我开了一瓶奎宁、一盒喉糖和一把给喉咙降温的刷子。塞恩斯伯里医生说罪魁祸首大概是流感和肺炎病菌，语气轻柔而明智，从容至极。"镇定——一定要镇定啊，伍尔夫夫人。"他在我离开时叮嘱道。对我而言，这次看诊纯属多此一举；可是在细菌学家的步步引导下，我们不得不这么做。我在 10 月 1 日之前都不必再量体温了。

与此同时，我们还面临拉尔夫的问题。这——还是那个老问题。他一方面呆头呆脑，脾气暴躁，做事马虎，为人愚钝；另一方面又和善、坚韧，本质上亲切友好，人脉很广。

8月22日，星期二

我很想写一写我沮丧的心情。悉尼·沃特洛来度周末，一字一句地复述了默里对我的作品不屑的评价，用的是他那副沉闷而了无生气的嗓音。我没法坐下来写《达洛维夫人》。其实对我而言，在写小说的过程中待客完全是灾难性的，哪怕只是请克莱夫过来待上一天。我才刚刚打起精神。而那些痛苦现在又要卷土重来。悉尼向来是炎热夜晚的羽绒褥垫——笨重、优质、鼓鼓囊囊。没人比我更受不了沉闷的气氛，我的叶子一片片耷拉下来。不过天知道！其实我的根须扎得很牢。啊，直到克莱夫到来前，我们是多么快乐。他在星期四中午十二点半登上这座施了魔法的岛屿，带来了外界的消息。我有生以来还从没这么快乐过。那一天就像一件完美的手工家具——美丽的部件全都漂亮地拼接在一起。奇怪的是，我和L都不希望有人来访。客人对我们必然是种威胁，在各个方面都是。不，别来看我，别来看我。我只想说，别来让我劳心费神。

8月26日，星期六

今天天气晴朗。昨天我们头一次乘公共汽车去了查尔斯顿。毕竟，人还是得尊重现代文明。查尔斯顿还是老样子。我们人还没到，就听见克莱夫在花园里嚷嚷。内莎从一大片枝繁叶茂、色彩斑斓的紫菀和洋蓟背后冒出来，对我们有点爱搭不理，显得心不在焉。克莱夫一把脱去上衣，端端正正地坐在椅子上，侃侃而谈起来。随后，邓肯信步走来，同样恍恍惚惚，心猿意马，匪夷所思地穿着一件黄马甲，打着波点领带，套了件污迹斑斑的蓝色旧上衣——画画的工作服。他得不停地提裤子，还揉乱自己的头发。然而，我还是不由自主地感到我们变得更亲近了，而不是渐行渐远。人为什么不能起来捍卫自己，与他们对抗，哪怕只是为了帽子和椅套这样的小事？当然，到了四十岁的年纪……

我越来越不喜欢《尤利西斯》，也就是说，我越来越认定它无足轻重，甚至不愿意花心思去弄懂它的含义。谢天谢地。我不必为它写书评。

里士满，霍加斯宅

10月8日，星期六

我们又回来了，回到霍加斯宅，守在火炉旁。不过今天我——奇怪地——心情低落，因为基蒂·马克西去世了。此刻，我眼前浮现出她躺在冈比的坟墓中的模样。我从报上读到了她的死讯。上次见到她应该已经是1908年的事了。我很难跟她保持联络，她也从不主动来见我。尽管如此，尽管如此，每每陡然得知老友去世——这种情况渐渐越来越多——我依然会难过，会觉得内疚。我多希望自己曾在街上与她偶遇。我一整天都在回想她，以一种古怪的方式。

10月14日，星期六

基蒂是跌出了某道栏杆，摔得很重。到底是怎么回事？一定有人知道。我到时自然会知道事情的经过。"这样离开人世，真叫人难过。"内莎说。不过当时她正在哄安杰莉卡睡觉，我们没法好好回忆往事。我见了内莎、梅纳德、莉迪娅［·洛波科娃］、德斯蒙德、萨克森、利顿、弗朗姬·比勒尔和马格丽·弗莱，都在这一周之内。我还收到两封信，分别来自利顿和卡林顿，内容跟《雅各的房间》有关。我们马上就要将它付梓。要问我的感觉？我心中毫无波澜。我渴望重新游弋在平静的水域，告别奋力挣扎。我渴望心无旁骛地写作。《达洛维夫人》旁逸斜出，发展成一本书。我打算用它来研究精神失常和自杀，同步展现普通人和精神病患者的世界——诸如此类。它比《雅各的房间》更贴近真实。不过，我想，要实现写作的自由，《雅各的房间》是我的必经之路。

12月15日，星期五

在独自吃晚饭前，我有十五分钟可以写日记。L去跟桑格一家吃饭了。在他出门前我们激烈地讨论了霍加斯出版社的问题，最终决定跟拉尔夫分道扬镳。我像被蒙住了头，什么都难以分辨。其中一个原因是，我昨晚在克莱夫家吃晚饭时遇见了可爱的贵族才女

Saturday 14 October

萨克维尔-韦斯特[1]。此人不大符合我挑剔的胃口——花里胡哨，唇须浓重，像鹦鹉一样五彩斑斓，处处流露出贵族式的优雅从容，却不具备艺术家的智慧。她一天能写十五页东西——又完成了一本书，由海涅曼出版社出版——而且她谁都认识。可是我会跟她熟络起来吗？我星期二还要再去吃晚饭。贵族派头也像女演员的做派一样——从不刻意装作害羞或谦虚——会让我感觉自己单纯无知、羞涩腼腆，像女学生似的。尽管如此，我依然在晚饭后滔滔不绝地发表了高见。她就像个近卫兵，结实、俊俏，富有男子气概，双下巴呼之欲出。亲爱的老德斯蒙德像只微醺的猫头鹰，躲在角落里闷闷不乐，但对我十分亲热，大概很高兴能跟我说说话。他谈到法国人很喜欢《雅各的房间》，想把它译成法语云云。

至于拉尔夫的问题，显然只有等 L 回来之后才能敲定。为什么听到他用那副男学生似的哀怨嗓音说要不是这场变故，他本打算在复活节给我们准备一个大大的惊喜——估计是利顿的某部作品——我跟 L 会火冒三丈？我想我们不满的症结就在这句话里。等拉尔夫走了，我们应该会更自由，当然活儿也会更多。得做新的安排。不过我们的根基会很牢固，而这才是最重要的。留下拉尔夫必定后患无穷。我想凭借我们如今的声誉，我们能吸引到任何年轻人来为我们工作。

---

[1] 即薇塔·萨克维尔-韦斯特（Vita Sackville-West, 1892—1962），原名维多利亚·玛丽·萨克维尔-韦斯特，英国作家、园艺家，曾两度获得霍桑登奖。薇塔与伍尔夫关系密切，是伍尔夫小说《奥兰多》中主人公奥兰多的原型。

1924年

2月23日，星期六

要做的事真的太多。我刚刚还跟 L 说，我手头的事情已经多到无从下手，这不幸正是我最真实的感受。随后，经过反思，我认定再这样忙下去，我在霍加斯逗留期间说不定都不会多写一个字。所以我应该抽几分钟时间来铺草皮，或者不管用哪种说法吧。天气严寒，冷得骇人。我们曾两次尝试去罗德梅尔，都以失败告终。现在我只求天气能暖和一点。梅氏公司会在 3 月 13 日来帮我们搬家，要价十五英镑。我还得逼迫 L 挥霍一把，以二十五英镑的天价买下贝尔和格兰特的两幅油画。我们正设法集结现代文明的种种成果——电话、煤气、电灯，而且是从这里远程指挥，所以自然筋疲力尽。装电灯的工人没有出现。洛蒂要去找卡琳——我想我把这件事给忘了。不过迄今为止，我想说，一切都再顺利不过了。不过我无意触怒神明，他随时可能凶相毕露。说到这个，我想到大名鼎鼎的［伯特兰·］罗素先生那天晚上在卡琳家说的话。（卡琳每个星期都会在戈登广场50号她家那间洋溢着欢乐的大客厅举办晚会，不过即使请了很多人，那个房间依然会有空荡的回声，屋顶高阔，而且格外寒冷。）他说："就在我刚看见幸福的曙光时，医生宣布我患了癌症。我的第一反应是听天由命。渐渐好起来之后——之前我差点撒手人寰——我最珍视的是阳光。只觉得自己何其幸运，还能继续沐浴阳光、迎接雨露。对我而言，人远不如这些重要。从前那些诗人是对的。他们告诉世人，死亡就是去往一个没有阳光的地方。我变得乐观。我现在意识到我是热爱生命的——我想活下去。而在患病之前，我只觉得人生苦闷。"然后他谈到查理·桑格，说他一直很不错；接着又谈到［G.E.］摩尔[1]："他刚到剑桥那会儿，简直是全世界最可爱的家伙。他的笑容是我见过的最美好的东西。我有一次甚至问他：摩尔，你是不是从来没撒过谎啊？'撒过啊。'他说——而这就是他说过的唯一一句谎话。"我问他能不能为出版社写一写他的人生经历，其实我差不多见人就问。"但我的思考都很贴近现实。我做不到信笔漫谈。我只陈述事实。""事实正是我们想要的。譬如说，您母亲的头发是什么颜色呢？""她在我两岁时就去世了——瞧啊，一个重要的事实。我还记得祖父去世时的情形，我记得自己在哭，觉得一切都完蛋了。到了下午，我看见哥哥驱车赶来。万岁！我高呼一声。他们听了就教训我，说在这种日子

---

[1] G.E. 摩尔（George Edward Moore，1873—1958），英国哲学家，与伯特兰·罗素同为分析哲学的主要创始人，著有《伦理学原理》。

不能说万岁。"他小时候没人陪他玩。我不怎么喜欢他。当然，他才华横溢，讲话直接，毫不生分，谈论着他打保龄球的事。不过话又说回来，或许他也不喜欢我？他活力四射的耀眼思想仿佛连着一只轻飘飘的小吊篮，巨型热气球上那种。他下巴后缩，整个人短小精悍。尽管如此，我想试试他的发型。我们在广场一角分手，并不打算再见面。

12月21日，星期一

真可耻啊——竟然在这本日记上留下这么多页白纸！伦敦对写日记绝对有害无益。这大概是我所有日记中最薄的一本了。其实这一年来发生了不少事，正如我料想的那样。我1月3日的那些幻想大都成为现实。此刻我们在伦敦，身边只剩内莉。是的，达迪耶走了，不过安格斯会来补他的缺。事实证明，搬家并不像我想象中那么可怕。毕竟，我又不是更换身体和心灵。

社交生活多么能突显人——确切地说是其他人——的个性！就说罗杰那晚在薇塔面前的表现吧。他立刻变回了那个藐视传统的本科生，那个执拗的青年（他诚恳而毫不妥协的眼神让我觉得他很年轻），决不说违心的话。这给薇塔带来了灾难性的影响。绝对的诚实不见得是优秀的品质。它往往指向想象力的匮乏，指向自以为是和自诩高人一等。在多年平和的交流之后，罗杰的这一面着实令人吃惊。他通常很有同情心。他贵格会教徒的血液在反对薇塔血管里葡萄酒般浓稠的血液。她还有个习惯,喜欢不加区分地谈论和赞美一切艺术——这是她那类人的传统,但不属于我们。气氛一直剑拔弩张,直到老好人克莱夫走进来,使出浑身解数安抚迟钝、高贵、热情洋溢、酷似近卫兵的亲爱的老薇塔。

我们跟布鲁姆斯伯里团体成员的友谊日益稳固,越发紧密。倘若二十年后还在一起,我们这帮人会变得多么纠缠交错、密不可分啊。想到这儿,我不寒而栗。我得趁圣诞节问问利顿愿不愿意让我把《普通读者》题献给他。我好像只剩这一本书可以题献了。我们聊了什么?真希望我擅长写对话。我们聊的无非是平常那些话题。然而印刷机总是吐出残页。大多数日子都有人来访。我很享受在印刷中度过一个个下午,相信这才是最明智的生活——因为假如我总在写作,或者仅仅是从写作中恢复元气,我就成了一只近亲繁殖的兔子,产下的后代都是孱弱的白化病患。最近我见到不少男人。有个鸫鸟似的小家伙,叫汤姆林什么的,想给我塑像。

1925年

5月14日，星期四

夏季的第一天，树叶肉眼可见地从芽苞中舒展开来，广场一片葱茏。啊，今天真适合待在乡下——此刻，我的某些朋友想必就在乡下读《达洛维夫人》。不过奇怪的是，我丝毫不为《达洛维夫人》感到紧张。这是为什么呢？实际上写作才是深度的愉悦，被人阅读只是表象。现在，我强烈渴望抛开新闻报道，去完成《到灯塔去》。这本书的篇幅应该不长：我会在其中完整地再现父亲的性格，还有母亲的性格，以及圣艾夫斯和我的童年时光，探讨我常在书中探讨的那些话题——生命、死亡等等。不过故事的核心是父亲那个角色，他坐在小船里，一面朗诵"我们逐一死去"[1]，一面压死一只垂

---

[1] 引自英国诗人威廉·考珀（William Cowper, 1731—1800）的诗《被抛弃的人》（The Castaway）。

Thursday 14 May

死的鲭鱼——然而，我必须克制。

我们昨天一整天都聊得很尽兴——利斯医生之后是德斯蒙德，然后是奥利弗勋爵，最后是詹姆斯和达迪耶，而 L 让我忘了此外还有多少次报纸采访和委员会会议。我最想写一写亲爱的老德斯蒙德，能再见到他我真的很高兴。他伸出双手，我引他入座，我俩一直聊到晚上七点。他开始显老，上了年纪，或许略有些失落，想到自己在四十五岁的年纪依然毫无成就，除了孩子们——他对他们疼爱有加。我眼看他想象自己蒙尘的旧文章一摞摞堆放在纸箱。于是我答应好好看看他写的东西，他听了十分感动，因为，毕竟人光有孩子不够，还渴望凭借自身的努力去成就些什么——而相对于四十五年的岁月，五箱落满灰尘的旧文章未免也太拿不出手了。他盛赞了《普通读者》，表示他会为它写一篇书评；L 进来时，我们就这样你一言我一语地聊着。随后我去参加晚餐会，时间刚够我匆匆绕过广场。达迪耶和詹姆斯都很随和亲切，我真的很喜欢达迪耶——他是如此温柔，如此善解人意，他总有一天会振作起来，不再这样感情用事。但这些学者想做的是通过写书来吃透一本书，而不是通过阅读。

下次再有写作冲动时，我一定要写一写"衣着"这件事。我热爱穿着打扮，我对自己的这个爱好很感兴趣；但那其实并不是爱，我得弄清那究竟是什么。

6月14日，星期天

这是一份可耻的自白——现在是星期天上午，时间刚过十点，我坐在这里写这篇日记而不是小说或评论，而除了精神不佳之外，我其实找不到任何理由。刚写完两本书的人实在很难立刻集中精神投入下一本书的创作，何况还有那么多信件、谈话和评论文章……我很难静下心来，做到心无旁骛。我写了六个小故事，用难以辨认的笔迹草草涂下，然后仔细推敲了《到灯塔去》——想得也许有点太清楚了。迄今为止，那两本书都很成功。《达洛维夫人》这个月的销量就超过了《雅各的房间》一年的总和。我想它也许能卖出两千册之多。

其实我今早醒来时心情相当低落：因为《达洛维夫人》昨天销量不佳；因为我们昨天办了一场晚餐会，我却没听到一句好话；因为一串玻璃项链居然花了我一英镑；因为我嗓子酸痛，鼻涕直流，身体抱恙。我这样说着，同时蜷缩进我生命的核心，也就是L身边这份全然的舒适，在这里享受满足与平静，直到恢复活力，焕然一新，感觉自己刀枪不入。我想，我们人生的一大成就，就在于生命的珍宝都是深藏不露的。换句话说，它们隐藏在如此平凡的事物之中，以至于没有什么能伤害到它们。也就是说，如果一个人喜欢乘公共汽车去里士满、坐在草地上抽烟、从信箱里取信、给格里泽尔梳毛、冻一块冰、拆一封信，或者在晚餐后小坐片刻，并肩坐着，问一句"你过得还顺心吗，哥们儿"，那么，还有什么能扰乱这种幸福呢？而每一天都必然充满着这样的幸福。

伦敦中西一区，塔维斯托克广场 52 号

12 月 7 日，星期一

我们得在查尔斯顿过圣诞节，伦纳德恐怕不会高兴。星期六，我们在汉普斯特德散了步。天气很冷，有种白雾茫茫的冬日之美。我们走进肯伍德宫。就是在那儿，我们谈到了利顿，语气严肃，像已婚夫妇那样。可是，天哪——我想，结婚十二年后依然能这样畅所欲言，像我对 L 这样，是多么幸福的一件事情！L 说，利顿有小气的毛病，为人不大慷慨。他总在索取，却从不给予。不过这我一向知道。我常常看到一有人过度索求，利顿就垂下眼皮，露出呆滞的目光：某种自私铸成的剑鞘保护着他，不让他对人过度关切，或是违心地自我奉献。他很谨慎。他过分担忧自己的健康。可是，我从二十岁起就对利顿那副沉重的眼皮了如指掌了。而 L 却说利顿在剑桥时对他可不是这样。至于摩根，伦纳德说——当时我们正小心翼翼地走过湿滑的山坡，无暇他顾（尽管如此，整个汉普斯特德这一带依然会让我想起凯瑟琳——那个模糊的鬼影，有着沉着的目光和嘲弄的嘴唇，头上还戴着花环）——他倒是进步了。我觉得摩根自然比利顿更讨 L 喜欢。他喜欢那些"呆头呆脑的家伙"。他喜欢摩根和我身上那种带有依赖性的单纯。他喜欢安抚我们，看我们因此而大大地松一口气。哎呀，哎呀。

我在读《印度之行》，不过并不打算在此详述，因为我得在另

一个地方这么做。(对了，罗伯特·布里奇斯[1]很欣赏《达洛维夫人》：他说读它的人不会太多，不过这本书写得非常美。他还说了些别的，L是听摩根转述的，记不清了。)现在，我要拟一份圣诞礼物清单。埃塞尔·桑兹来喝了下午茶。但薇塔没来。

12月21日，星期一

薇塔没来！但我们跟薇塔在朗巴恩待了三天，L和我昨天刚从那儿回来。这些女同性恋者喜欢女人，我与她们的友谊向来带有一丝恋爱的色彩。我喜欢她，喜欢与她相处，喜欢她的雍容华贵——在七橡树区那间杂货店，她焕发出烛焰般耀眼的光辉，她昂首阔步，两条腿就像山毛榉树，泛着粉光，缀着大串的葡萄，挂着珍珠。不管怎么说，她认为我的穿着土气得匪夷所思，没有哪个女人比我更不会打扮（没人像我这么穿），但我还是这么美，诸如此类。我对这一切有何感想？一言难尽。她的成熟与丰腴就摆在那里：她在最高的浪尖上扬起风帆，与此同时，我却在平静的水域中缓缓划行。我是说，她能在任何一群人中成为主角，能代表她的国家，能去查茨沃斯庄园做客，能驾驭银饰、仆人和狮子狗，能坦然面对她为人母的身份（尽管她对几个儿子有点冷淡和漫不经心），还有她

---

[1] 罗伯特·布里奇斯（Robert Bridges，1844—1930），英国桂冠诗人，代表作有《美的圣约》。

缺乏（而我从不缺乏）女性气质的事实。她在思考和洞察力方面不像我那么条理清晰。不过这一点她自己也很清楚，于是慷慨地给予我母亲般的呵护，而这正是我一直以来最渴望从他人身上得到的。这就是 L 和内莎给我的东西，也是薇塔试图以她那种笨拙而外露的方式给我的东西。总而言之，我很高兴她今天要来用茶点，我得问她介不介意我这么不会打扮。我想她的确介意。

明天我们要去查尔斯顿，我心中不可谓不惶恐。

1926年

3月20日,星期六

这些日记最终的命运将会如何,昨天我问自己。如果我死了,伦纳德会怎么处理它们呢?他应该不太会把它们烧掉,又不能拿去出版。嗯,我想他会从日记里提炼出一本书,然后烧掉原稿。我敢说这些日记里肯定藏着一本小书,如果能对这些涂改痕迹稍加处理的话。天知道。写下这些话时,我正处在轻度的抑郁之中。近来我不时会陷入这种状态,感觉自己衰老、丑陋,总在老调重弹。不过就我而言,作为作家,我只是写下自己的所思所想而已。

3月24日,星期三

"我今天上午就去递交辞呈。"L边做咖啡边说。"什么辞呈?"

我问。"给《国家》杂志的。"他的确这么做了。现在我们只用再待六个月就行。我顿时感觉像年轻了十岁。那份工作只是个权宜之计，起初还算有趣，后来则变得令人烦心。昨晚，在跟梅纳德和[《国家》杂志编辑］休伯特［·亨德森］就文学评论与版面安排进行了一番司空见惯的争执之后，L决定立即辞职。摆脱了所有那些劳役，不必再事务缠身、校对文稿、四处约稿，这份解脱值得我们在别处多下点功夫。我的如释重负让我忍俊不禁。我认为，幸福的人生就是每隔三四年就打乱之前的生活。不过我想，自由也像所有事物一样，会变成一种执念。我匆匆写下这些不连贯的思绪，在这个虽然多风却格外晴朗的日子。我马上要去一家小餐馆跟罗丝·麦考利吃饭——不是什么激动人心的活动，但或许也不失为一种体验。

6月30日，星期三

今天是六月的最后一天，我的心情灰暗至极，因为克莱夫取笑了我的新帽子。薇塔很同情我，但我还是陷入了深深的沮丧。这是昨晚的事，发生在克莱夫家，在我跟薇塔一起去了西特韦尔家之后。哦，天哪，我不假思索就戴上了这顶帽子，根本没考虑它好不好看。时间过得很快，气氛轻松自在。我坐在薇塔身旁大笑，跟大家聊天。我们出来时已经是晚上十点半——这是个群星璀璨的夜晚。她觉得时间还早，不想回家，就说："要不咱们去克莱夫家接他？"而我整个人也轻飘飘的，于是我们驱车穿过公园，来到戈登

Wednesday 30 June
depth of gloom

广场，看见内莎独自迈着轻快的步伐在黑暗中前行，戴着她那顶低调的黑帽。不久邓肯到了，拿着一只鸡蛋。走吧，咱们都到克莱夫那儿去，我说；大家一致赞同。哎，就在他们到齐之后，我们围坐着聊天时，克莱夫突然说，或者更像是大声嚷道：你的帽子怎么这么可笑！然后问我是在哪儿买的。我推说保密，想转移话题，但他们不依不饶，把我扑倒，好像我是只野兔，他们完全是强行的——这非常奇怪，也很侮辱人。结果我说得太多，也笑得太多。邓肯以他惯用的严肃又尖酸的语气告诉我，这样一顶帽子绝对无可救药。伦纳德一言不发。我带着深深的懊丧离开，心情正如这十年来一样低落，就连在睡梦中也不断回想。今天这一天也彻底毁了。

7月1日，星期四

昨天的事让加辛顿府黯然失色，也让［罗伯特·］布里奇斯和H.G. 威尔斯黯然失色。这两个大人物跟我们其他人实在没什么不同。威尔斯唯一的特别之处就是那份混合了呆滞与机敏的气质：他鼻子很尖，面颊和下巴有屠夫风范。据我判断，他喜欢漫无边际、夸大其词地谈论别人的生活。他添油加醋地谈论韦伯夫妇，说他们的著作就像美丽的卵，以健康而真挚的方式诞下，本身却是腐坏的。他以吉卜赛犹太人式的口吻谈论比阿特丽斯，说她是个耀眼的人物，也像我们大家一样在岁月的洗礼中逐渐成为贵格会教徒。这跟基督教没什么关系，不属于宗教问题。你是贵格会教徒吗，我问他。他说，当然了。人需要相信万事万物都有存在的理由（我想他是这么说的）。他的话题越来越超凡脱俗，不过这个过程并没持续太久。一小时的午餐炎热而沉闷。从威尔斯夫人忧伤黯淡的神色中，我能看出威尔斯私底下肯定妄自尊大、欲念迭起、横行霸道。勇气与活力是他心中的美德。

再说布里奇斯。他从杜鹃花丛中跳出来，是个瘦削颀长、平平无奇的老人，顶着一头灰白的鬈发，面庞红润，饱经风霜，一双浑浊而略显凶悍的眼睛神色迷离。他相当活跃，嗓音嘶哑，滔滔不绝。我们坐在他开放式的房间里，越过鲜花蓝色的花冠眺望山峦，现在我们看不见它们。他说，不过它们一旦现身，一切都会变得渺小——他只说了这么一句诗意的话。他说话直接，精力充沛，一举一动都十分敏捷。他快步带我走进花园，去看那些粉红的花朵；又带我来到图书室，在那儿，我提出想看霍普金斯[1]的手稿。然后我坐下来欣赏手稿，身旁的一把椅子上坐着奥尔德斯〔·赫胥黎〕这只大蚱蜢。奥托琳的声音忽远忽近，模糊不清。我对布里奇斯说我很喜欢他的诗——我的确喜欢那些短诗。不过我最欣喜、最感激的，还是他表现得如此热心、随和、饶有兴味。

7月4日，星期天

继那天之后，威尔斯夫妇又来家里做客，一直待到下午四点。

---

[1] 杰拉尔德·曼利·霍普金斯（Gerard Manley Hopkins，1844—1889），英国诗人、罗马天主教教徒及耶稣会神父。在20世纪，他成为最负盛名的维多利亚时代诗人。

威尔斯即将步入花甲之年，一个终日困乏的年纪。他谈到自己的新书，谈到人在六十岁上的感悟。德斯蒙德问他还有没有别的想法。哦，他希望能废除星期天。应该每十天放一天假。那是他自己的工作节奏。一次工作十天，休息四五天。现在的工作制是种浪费。周末的阴影从周五开始蔓延，一直延续到周一下午才算结束。我再次感到他就像某种半是泡沫、半是固体的古怪混合体——喜欢不时冒个金句。我们推荐他读读哈代——一位单纯而敏感的农民，相当崇拜会舞文弄墨的人；为人十分谦逊；早期作品都按照印刷商的喜好分成一个个章节。随后他起身告辞。我们挽留他，请他给我们讲讲亨利·詹姆斯，于是他又坐了下来。啊，我很乐意一下午都在这儿和你们谈天，他说。亨利·詹姆斯看重形式。特别注重衣着。他跟任何人都不亲近，哪怕是他哥哥；也从未爱上过谁。威尔斯说他没从普鲁斯特身上学到任何东西——他的小说就像大英博物馆。我们知道那里陈列着美丽而有趣的展品，但我们并不喜欢去那儿。或许某天下起了雨——我会问，天哪，今天下午我能做些什么呢。于是我会捧起普鲁斯特，就像我说不定也会走进大英博物馆。他不想读理查森[1]——这个男人对女性的心理了如指掌，没有人应该知道这么多。而我说恰恰相反，他其实不太懂女人——他很守旧，写的全是荣誉、贞洁之类的东西。威尔斯说现在的观念已经彻底改变。贞洁的概念已不复存在。女人受的影响甚至比男人还大。他说我们这

---

1 塞缪尔·理查森（Samuel Richardson, 1689—1761），18 世纪英国保守派作家，关注婚姻道德问题，代表作有《克拉丽莎》《帕梅拉》等。

代人或许比前人幸福——不管怎么说，孩子们在他们的父母面前更放松了。不过他也认为他们开始变得缺乏约束，对每样东西的用途都感到好奇。亨利·詹姆斯不懂该如何表现爱——说到这里，他"啊"了一声，然后按着额头给自己祝福。威尔斯自己就能给自己祝福。我是个记者，我为此自豪，他说。正如德斯蒙德后来所说，他全程都怡然自得，深知自己有怎样的力量——深知自己无须忧虑，因为力量足够强大。

1927年

5月5日,星期四

书出版了[1]。我们在出版前订出去一千六百九十册,是《达洛维夫人》的两倍。不过此时此刻,我正在《泰晤士报文学增刊》书评这片潮湿的乌云投下的阴影中写这篇日记。那篇评论写得颇有气度、和蔼、羞怯,赞扬了美,质疑了人物,但也让我略感沮丧。我很清楚自己沮丧的原因:我有个坏习惯,喜欢先设想自己期待怎样的书评,再读手上的书评。

5月11日,星期三

薇塔回来了,一点儿没变。不过我敢说,人与人之间的关系每

---

[1] 指《到灯塔去》,首次出版于1927年5月5日。

天都在变化。克莱夫跟她在一起。我感觉克莱夫状态很糟：就写作而言，他的卡西斯[1]之旅非常失败。而这又引出了另一个问题：他暴食、豪饮和纵欲的恶习是否已经到了根深蒂固、难以彻底根除的地步？他显得古怪而不安。他谈到了精神失常（他始终对自己避而不谈，却总是会含糊地回到这个核心）：有时，他感觉自己快发疯了。

说说我的书。尽管不乏批评，但正面的评价带给我莫大的动力，让我非但不觉得枯竭，反而文思泉涌。既然如此，我再标榜自己不在乎评论又有什么意义？我从玛乔丽·汤姆森和克莱夫那里得到模糊的暗示，得知有些人似乎认为这是我最好的作品。

5月16日，星期一

还是说说《到灯塔去》这本书。目前依然获得很多赞誉。内莎对它充满热忱——说这是一部技艺高超、几乎令人心烦意乱的精彩之作。她说这是对母亲精湛的刻画，对画家出色的塑造；她读得身临其境，死者的复生几乎令她心痛。接着是奥托琳，接着是薇塔，接着是查理［·桑格］，接着是奥利弗爵士，接着是汤米［·汤姆林］，接着是克莱夫——他走进来，装作是来称赞这本"奇书——绝对是你迄今最好的作品"的，然后就一直坐在那里，但看上去恍恍惚惚、闷闷不乐。我几乎没见过他这副模样。可他到底是怎么了

---

1 法国普罗旺斯的一个市镇。

呢？失去信仰了吗？他这样一个牢牢扎根在牛肉与啤酒，或者说香槟之中的人，对幻想舞动的迷雾感到幻灭了吗？试想某天早上，你睁眼醒来，发现自己不过是个冒牌货而已？这也是我精神崩溃的症状之一——这份恐惧。不过克莱夫也说了，人会发疯，也会复原——意思是他打算就这么疯下去。

6月6日，星期一（圣灵降临节[1]后第一日）

  我突然剧烈地头疼，不得不卧床一周。我写这篇日记是为了测试自己头脑的反应。《到灯塔去》售出二千二百册，我们已经开始加印。而现在，在早上收到摩根这封含糊其词、不知所云的典型摩根式来信之后，我已经把《到灯塔去》抛在脑后：我的头疼痊愈了；在为期一周的罗德梅尔生活之后，我即将享有旁若无人的自由，可以潜入自己的头脑深处。真奇怪啊，我突然想到，内莎和我居然经常眼红对方的穿着！我披上那件时髦的流苏斗篷时，感觉她难受了一秒。她说她要戴耳环，我就立刻说我也要戴；这是她最受不了的。不过我们本质上都是通情达理的人，能抛开过节。然而，我想，现在我也算是小有成就了——在写作方面。他们不再拿我开玩笑。不过他们很快就会对我习以为常。我或许会成为著名的作家。

---

[1] 又称"五旬节"，指的是复活节后的第七个星期天，这一天为教会节日。之后的星期一是有些国家的法定假日。——编者注

6月18日，星期六

不知为什么，这本日记薄得不成样子：半年已经过去，而我只写下寥寥几页文字。也许是因为我上午总在埋头写作，没工夫写日记吧。头疼抹去了三个星期。我们在罗德梅尔待了一个星期，我能记起那里绚烂的风光，还有躺在那里，躺在宁静之中带来的莫大安慰。在户外待一整天，躺在崭新的花园里，那儿还有一座露台。蓝色的山雀在我的维纳斯小像凹陷的颈窝里筑巢。渐渐地，构思的涓流开始汇入脑海。随后，突然间，我陷入狂想，把飞蛾的故事又过了一遍，我应该很快就会着手写它：诗剧的构想；绵绵不绝的涓涓细流，不仅来自人类的思想，还来自船只、夜晚等等，全都向一处汇集；中间穿插着艳丽飞蛾的出现。我会安排一男一女坐在桌旁对话。或是让他们一言不发？这会是个爱情故事：女人最终会放入最后一只壮观的飞蛾。或许我可以自始至终都让那个男人面目模糊。法国，海边，夜晚；窗下是一片花园。不过这个故事尚待完善。今天傍晚我动笔写了一点，留声机在播放一首贝多芬晚期的奏鸣曲。（窗户上的锁扣剧烈地摇撼，仿佛我们是在海上航行。）

薇塔得了霍桑登奖[1]，我们去观摩了颁奖仪式。那是一次可怕的亮相，我想。不是指台上的绅士——台上只有斯夸尔、德林克沃特和比尼恩，而是指我们自己，这群叽叽喳喳的作家。我的天哪！我

---

[1] 霍桑登奖（Hawthornden Prize），英国文学奖，由出生于霍桑登的爱丽丝·沃伦德于1919年创立，面向41岁以下的作家，鼓励"富有想象力的文学"作品，参赛作品可以是诗歌或散文。

Saturday 18 June

们这些人显得多么微不足道！我们怎么敢假装自己趣味十足，假装自己的作品举足轻重？就连写作这件事都变得令人反感。不过也许，流淌在他们体内的墨汁的细流比他们的外表——裹得那么严实，显得那么寡淡、斯文——更重要。我感觉我们中没有一个真正成熟的人。聚集在此的其实是一群笨拙乏味的中产阶级文人，而不是贵族。

1928年

4月17日,星期二

昨晚,我按计划回到家中,准备静下心来,在这里写作。我们穿越整个法国回到这里——踏遍了可敬的辛格[1]所走过的这片沃野上的每一寸土壤。此刻,城镇、尖顶与美景在我脑中越发清晰,其余的印象则逐渐淡去。我对沙特尔[2]印象很深,那只蜗牛伸直了脑袋在一马平川的乡野上爬行,还有那座最美的教堂[3]。教堂的玫瑰花窗宛如黑色天鹅绒衬垫上的宝石。在这一切之上是灰蒙蒙的天空。我还记得乘着夜色归来,身上常常是湿的,在旅店里听雨。我往往

---

1 或指伊西多尔·辛格(Isidore Singer, 1859—1939),美国百科全书作家、《犹太百科全书》编辑、美国人权联盟创始人。
2 法国北部城市,以哥特式大教堂闻名。——编者注
3 指的应该是沙特尔大教堂,哥特风格的天主教教堂,于1979年被列入《世界遗产名录》。——编者注

会在喝下两杯乡村酒之后感觉晃晃悠悠。总有美食,夜里总有暖水袋。内莎和克莱夫也在。啊,还有我得的奖金[费米娜奖[1]]——法国人奖励的四十英镑。朱利安[2]也在。那一两个炎热的日子,阳光下的加尔水道桥;莱博地区;我对文字的渴望与日俱增,直到纸与笔墨成为我心目中不可思议的诱惑。还有圣雷米和阳光下的古代遗迹。现在我已经忘了一切都是如何发生的——忘了每件事是如何衔接的。不过此刻,那些最深刻的印象浮现出来。

4月21日,星期六

一个严寒多风的雨天。在这个该死的春天,我看不到一丝蓝色、红色或绿色。商店摆出了皮草。生活不是太空就是太满。幸运的是,虽说我已经四十六岁,但仍像从前那样热衷于试验,时刻要追求真理。对了,薇塔——为了肩负起阐述事实的重任——跟她母亲吵得不可开交。在这个过程中,她情急之下扯下脖子上那串珍珠项链,用折叠刀把它斩成两段,交出中间的十二颗珍珠,把余下几颗散落的珍珠装入律师给的信封。小偷、骗子,我巴不得你被公共汽车撞死——"我尊敬的萨克维尔夫人"这样咒骂她,在一名秘书、

---

1 费米娜奖(Prix Fémina),法国著名文学奖,在女诗人安娜·德·诺瓦耶(Anna de Noailles)主持下,由阿谢特出版社下属的《幸福生活》杂志社于1904年设立,是与龚古尔奖相对应的女性年度文学奖。伍尔夫于1928年凭借《到灯塔去》获奖。
2 伍尔夫的外甥,瓦妮莎与克莱夫之子朱利安·贝尔(Julian Bell)。

一名律师和一名司机面前因愤怒而颤抖。据说那女人气得要命。薇塔非常无畏、不羁,高昂着头。

我们跟莉迪娅和梅纳德吃了晚饭:两对夫妇,都上了年纪,膝下无子,功成名就。梅纳德的鬓角开始泛白。如今他看上去更优雅了,丝毫不会在我们面前趾高气扬,或以大人物自居,而是很朴素,头脑无时无刻不在运转,思考着苏联人、布尔什维克党、腺体和家谱。这种激情洋溢的旁逸斜出从来都是伟大思想的标志。莉迪娅表现得镇定而克制,说了些非常明智的话。

我们还去参加了简[·哈里森][1]的葬礼,抵达"那里"(一个偏僻的域外之地,每十五分钟才有一辆公共汽车经过)时仪式刚好结束。我们走进墓园。一位牧师,也是她的朋友,在等这群神色凝重的人聚拢;然后宣读了《圣经》中几个还算优美合理的段落;最后呢喃道,主与我同在。一只鸟适时地放声歌唱,带着欢快的事不关己,愿意的话还可以说带着希望。这想必是简本人也会欣赏的。随后,那几位乏味得不可思议的表姐妹走上前去,每人手执一枝报春花,将其抛入墓穴。我们也走上前,低头望着棺木躺在那四壁陡峭、毫无遮拦的坟墓底部。L的眼泪在眼眶里打转,我却有些木然,只觉得"凡劳苦担重担的人,可以到我这里来"[2]这句话很美。不过不信上帝这个障碍依然像往常一样使我的感官变得迟钝,让我心

---

[1] 简·哈里森(Jane Harrison, 1850—1928),西方著名古典学者,剑桥学派"神话—仪式"学说的创立者,英国维多利亚时代的文坛女杰,同时也是现代女权主义理论的奠基人之一。著有《古代艺术与仪式》等。

[2] 出自《圣经·马太福音》11章28节。

Saturday 21 April

Vita

烦。"上帝"究竟是谁?基督的恩典到底是什么?这些对简而言又有什么意义呢?

5月31日,星期四

此刻周遭一片宁静。圣灵降临节已经过去。我们去了罗德梅尔,看了赛马。太阳又出来了。我几乎已经把《奥兰多》抛在脑后,L已经读过它,所以它在某种程度上已不再归我所有。他认为这本书在某些方面比《到灯塔去》更好,涵盖了更多有趣的内容,对生活更有热情,也更广阔。我想,其实我一开始只把它当个玩笑,写着写着却认真起来。所以它前后不够一致。他说这本书非常有独创性。

六月的天气。无风,明媚而清新。多亏有"灯塔"(汽车),我没有像以往那样感觉自己被幽闭在伦敦。伦敦本身也不断吸引着我,激励着我,带给我一部戏剧、一部短篇小说和一首诗歌,而我所做的只是迈开腿穿过它的街道,除此之外无须费任何力气。我今天下午陪平克一直走到格雷旅馆的花园,看见了红狮广场——莫里斯[1]家的宅子在那里。想到他们19世纪50年代出现在作家之夜聚会上的情形,感觉我们有趣的程度也与他们相当。我们路过了大奥

---

1 威廉·莫里斯(William Morris,1834—1896),英国纺织设计师、诗人、艺术家、小说家、建筑保护主义者、印刷商、翻译家、社会主义活动家、英国工艺美术运动的代表人物。

蒙德街，昨天有个女孩被发现死在那里。我们还看见、听见救世军在人群中以欢快的表演传教：一群极度缺乏魅力的青年男女毫无顾忌地挤眉弄眼、嬉皮笑脸。我猜，他们大概是想把传教变得活泼有趣吧。不过，说真的，我在看表演的时候完全没有嘲弄或批判，只觉得这一切真是古怪好笑，还很想知道他们口中那句"到主这里来"是什么意思。我敢说，其中一定有表演癖的成分：观众的掌声蛊惑着少年们唱起赞美诗，商店里的男孩大声宣称他们得到了救赎。掌声之于这些少年，就像为《伦敦晚旗报》撰稿这件事之于罗丝·麦考利。我本想说之于我自己，不过迄今为止，我还什么也没写过呢。

6月20日，星期三

我再也受不了《奥兰多》了，我现在一个字也写不出来。我一周之内就改完了校样，再也挤不出一个句子。我讨厌自己的喋喋不休。为什么我总是没完没了地往外蹦词儿？而且我几乎丧失了阅读的能力。每天花上五个、六个或是七个小时修改校样，在这里或那里仔仔细细地写几句话，这样的生活使我的大脑严重受损。晚饭后我捧起普鲁斯特又放下。这是最坏的光景，让我产生自杀的念头。一切都好像索然无味，毫无价值。好在内莎回来了，我的土壤终于再逢甘霖。她对我来说是不可或缺的——而我对她却并非如此。我奔向她，就像沙袋鼠奔向母鼠。

朱利安今天跟我们一起吃的晚饭。席间见到了席尔瓦·诺曼小姐，她是我昨晚从电话另一头的纯粹虚无中拽过来的。又一个科学的奇迹。我们想象着她说"求之不得"的样子。十分钟后，她出现在这里。朱利安是个魁梧圆润、身强力壮、生性体贴、招人喜爱的年轻人，我倒在他怀里，既像姐姐又像母亲，还像一个嬉笑、活跃的同辈朋友（不过年龄差距并不允许）。好在朱利安天生清醒，神智正常：他额头宽大，口才相当不错，有能力经营好自己的生活。

9月22日，星期六

　　这篇日记写在我令人担忧的勃艮第度假之旅前夕。一想到要跟薇塔共度七天我就紧张。我很期待，很兴奋，却也不无担忧——担心她会看透我，或是我会看透她。我最怕清晨时分，还有下午三点，也怕自己想做的事薇塔并不想做。而且我会花一大笔钱，都够买下一张桌子或一只玻璃杯了。

　　这是个无比晴朗的夏天，无比晴朗，也无比美丽。自从有了这块地，我对罗德梅尔的感情就发生了变化。我开始投身于此，参与其中。等赚到了钱，我要在房子上加盖一层。但关于《奥兰多》的消息令人沮丧。在出版前我们差不多会售出《到灯塔去》的三分之一。他们说这是不可避免的。没人想读传记。因此，我很怀疑我们在收回成本之外还能有什么利润——仅仅为了称之为传记这小小的乐趣，付出了高昂的代价。这个冬天我必须写点文章，要是我们还想在银行有点结余的话。

伦敦中西一区，塔维斯托克广场 52 号

10 月 27 日，星期六

任由这么多时间白白流走，真是人神共愤，人神共愤，而我依然倚在桥上，眼看时间流逝。只不过我并非凭栏而立，而是坐立不安、暴躁、兴奋、焦灼。时间的水流搅起不祥的旋涡。我为什么写下这些隐喻？因为我已经很长时间没写一个字了。

《奥兰多》出版了。我也跟薇塔去了勃艮第。我们并没把彼此看透。假期仿佛一闪而逝。不过我很高兴能跟伦纳德重逢。这一切多么零散琐碎！我暗下决心，要从此时此刻，星期六傍晚五点五十二分开始，重新找回绝对的专注。9 月 24 日出发去法国时，我抛开了阅读和思考。回来之后我们又一头扎进了伦敦的生活和出版事务中。我有些厌倦《奥兰多》了。我想，我现在对别人的看法已经有点无所谓了。当下的生活就是喜悦——我又照例糟蹋了一句引文。我想说的是，令我兴奋的是写作的过程，而不是读者的反应。这部作品引起的反响，他们说，已经超出了预期。第一个星期就创下了销量纪录。

谢天谢地，我终于摆脱了那场女性演讲[1]带来的漫长折磨。我刚从格顿学院做完演讲回来，冒着瓢泼大雨。一群年轻女子，忍饥挨饿，却大胆无畏——这就是我对她们的印象。求知若渴，一贫如洗；注定要成批成批地当上女教师。我没精打采地叮嘱她们要喝葡萄酒，要有一间自己的房间。为什么那些叫朱利安或是弗朗西斯的能尽享生命丰盛的馈赠，而那些叫法勒斯或托马斯的却完全没份儿？格顿学院的走廊有如某座恐怖教堂的地下墓室——没完没了地向前延伸；寒冷而闪烁——点着一盏灯。高高的哥特式房间；大块儿鲜亮的棕色木料；东一幅西一幅地挂着照片。我们今天上午看到了三一学院和国王学院。

12月18日，星期二

现在我本该一心扑在《小说》[2]上，我想这会是一本相当有趣的小书。但我却不得不中断工作，为斯特拉奇夫人撰写悼词，她于昨天火化，身上覆盖着我们献上的红色和白色康乃馨。奇怪的是，她的离世竟然对我影响不大，原因如下。他们差不多一年前就说她快

---

[1] 1928年10月，弗吉尼亚·伍尔夫曾两次应邀前往剑桥大学的女子学院，做了主题为"女性与小说"的著名演讲。不久后，演讲内容被她修改整理并扩充成书，就是后来的《一间自己的房间》。——编者注

[2] 指的是《女性与小说》一文，由1928年10月弗吉尼亚·伍尔夫发表的两篇演讲稿整理而成，后被扩充成《一间自己的房间》。

去世了。我立刻习惯性地想象出那个场面，当晚就感受到斯特拉奇夫人去世带来的全部冲击，包括与她有关的回忆等等，结果她并没去世。现在她真的走了，一切并非幻想，而我却心如止水。人心的诡谲真令我哑然失笑。

L刚刚回来，问起《奥兰多》第三版的进展。第三版的订单下来了。我们已经售出了六千册，销售状况依然好得惊人。总之我的房间肯定有着落了。自结婚以来，从1912年到1928年——整整十六年——我终于敢放手花钱了。我身上那块掌管花钱的肌肉动作还不太熟练。我感到内疚，同时又有种难得的喜悦，知道自己兜里有钱，而不是每周只有三十先令[1]，总不够花，总被蚕食。昨天我花十五先令买了一枚钢制的胸针，还花三英镑买了一条珍珠母贝项链——而我已经有将近二十年没买过珠宝首饰了！我还在餐厅铺了地毯。诸如此类。我想这样的滋养能丰富人的灵魂。重要的是我能随心所欲地花钱了，不必大惊小怪，也不必焦虑，同时对自己挣钱的能力充满信心。

说回马克斯·比尔博姆[2]。那天晚上我在埃塞尔［·桑兹］家遇见了他。我一进门，一位高大魁梧的老绅士（这是我的印象）就站起身，主人把我介绍给他。他既不古怪，也不花哨。表情僵硬；留着浓密的小胡子；红润的皮肤上血管密布，沟壑纵横。不过他那双

---

1 英国旧辅币单位，20先令为1英镑，在1971年英国货币改革时被废除。——编者注

2 马克斯·比尔博姆（Max Beerbohm，1872—1956），英国著名作家、剧评家、漫画家，作品以讽刺见长，被萧伯纳称为"无与伦比的马克斯"。——编者注

眼睛却又圆又大，如天空般湛蓝。他的眼神恍惚而快乐，身上其余部分则极尽整洁庄重。晚饭吃到一半，他转向我，于是我们进行了一番"愉快"、有趣、荣幸而迷人的交谈。我告诉他，他是不朽的，这是我的真实想法。只在很小的程度上，他说；不过不无得意。他问我如何写作。他作品中的每一段都是挥笔劈砍出来的，所以他从不改动。他以为我也这样写作。我告诉他我会大段大段地删减。希望你能把它们拿给我看看，他淡淡地说。他的确非常亲切。不过他总喜欢久久地凝视——用画家那种怪异的眼神，除了有人情味的专注之外，还如此配合，如此思虑。不过在他身上也并非全然如此。晚饭后，他依着壁炉，莫里斯·巴林和我在他身边晃来晃去，像一对蝴蝶，赞叹着，欢笑着，夸夸其谈。不过他总被带去跟这个人或那个人寒暄。最后他终于告辞，穿着那件西服背心，显得十分庄重，十分周到，用他那只胖乎乎的手久久地握着我的手，说着十分荣幸云云。我承认，我觉得大人物跟我们没什么两样——他们其实跟我们很像。当然，他们没有小人物那种虚与委蛇，很快就能理解，很容易就能说通。不过当然，我们也很少如愿。

昨晚我们跟哈钦森一家吃饭，见到了乔治·摩尔[1]。现在的他就像一枚古老的银币，如此苍白，如此光洁。他有一双脚蹼似的小手，像海象的鳍，还有胖嘟嘟的脸颊和小小的膝盖——总是想到哪儿就说到哪儿，所以几乎显得有些无礼、稚嫩，但又非常机敏。这

---

[1] 乔治·摩尔（George Moore，1852—1933），爱尔兰小说家、诗人、戏剧家和批评家，一个与时代永远不合拍的天才，代表作有《一个青年的自白》《埃伯利街谈话录》等。——编者注

说明名人其实非常简单,也很通情达理,他们十分谨慎,对别人的作品毫不在意(摩尔对这些人不屑一顾。萧伯纳——粗野的叫嚷,一生没写过一个好句子;威尔斯——我不读威尔斯的作品;高尔斯华绥——)。他们生活在极度宁静、明亮、与世隔绝的环境中。因此他们比普通人更能切中要害,直抵事物的核心。据杰克说,摩尔步履蹒跚地离开,迅速钻进一辆出租车,尽管他酷似一枚古老的银币。

1929年
伦敦中西一区，塔维斯托克广场 52 号
52 TAVISTOCK SQUARE, WC1

10月11日，星期五

我紧紧抓住写日记这根稻草，好不去写《海浪》，或是《飞蛾》，或者无论它叫什么吧。10月以来的这些日子，我一直精神紧绷，被寂静包围。我自己也不清楚"寂静"这个词究竟是指什么，毕竟我其实一直在"见"人。不，那不是外部的寂静，而是某种内在的孤寂。举个例子，今天下午我走在贝德福德广场，突然不由自主地对自己说了一番话——说自己何其痛苦，而且这痛苦不为人知。我走在这条街上，在悲楚中挣扎，跟索比刚去世时如出一辙——孑然一身，独自对抗着什么。可那时我还有丧亲之痛这个恶魔要去战胜，而现在，我没有敌人。我走进房门，一切如此寂静。而我此刻——啊，我们非常成功；而且现在是秋天；灯火渐次点亮；内莎在菲茨罗伊街——正在一个烟雾缭绕的宽敞房间里写作，地上摆放着燃烧的煤气灯，还有没整理的餐盘和杯盏。印刷机在隆隆作响。成

名的感觉很糟——我现在前所未有地富有，今天还买了一对耳坠。因为所有这一切，肌体的某个部位涌现出虚空与寂静。如果我不曾感受过那些无孔不入的张力——躁动或静止，快乐或不快——也许还会对它逆来顺受。对了，我可以把它当作对手：半夜醒来时，我会告诉自己，战斗吧，战斗。

我想念克莱夫——现在想来，这真是奇怪。

11月2日，星期六

昨晚，我梦见自己得了一种心脏病，将在六个月内死去。伦纳德在别人的劝说下告诉了我。我的反应都是我应有的，极其准确，有些还很强烈：相当地不由自主，正像在梦中那样。因此，那份真实感给我留下了挥之不去的深刻印象。首先，我松了一口气——唉，反正我也活够了（梦中的我躺在床上）；随之而来的是恐惧；继而产生了求生的欲望；然后担心自己是不是疯了；接着（不，其实这来得更早）是替自己的写作惋惜，留下手头这本未完成的书；然后是愉快地畅想朋友们的悲伤；然后我想到死亡，想到自己会定格在这个年纪；随后我叮嘱伦纳德一定要再娶；回顾了我们共同的生活；不得不接受在我死后，人们的生活仍将继续。最后我醒来，带着这些挂虑浮出水面；意识到自己售出了数量可观的作品——吃早餐时，我昏沉而疲惫，有种古怪的感觉，仿佛同时处在生死两种状态之中。

11月5日，星期二

啊，不过迄今为止，我的《一间自己的房间》表现还不错：我想它卖得很好，还让我收到了意想不到的来信。不过我更关心我的《海浪》。我刚刚把上午写的内容用打字机誊好，但并不是很有信心。有些东西就在那儿，但我没能完全抓住。

我们星期天待在罗德梅尔。现在，我的房间已经起了三英尺[1]高的砖墙，窗框也嵌进去了。砖墙看着相当碍眼，因为它遮挡了仓库的屋顶和山丘，而我之前从没意识到这两样东西竟这么养眼。

---

[1] 1英尺约为30.5厘米。——编者注

Tuesday 5 November
my room

1930年

8月25日,星期一

埃塞尔星期五来住了一晚,我打算飞快地写一写这段古怪而不寻常的友谊。说它不寻常是因为她已经上了年纪,何况我俩毫不搭界。她脑袋太阳穴以上的部分大得出奇。这儿装着音乐,她点点太阳穴说。那儿装着疯狂。她总忍不住要重复那些我想早已成为陈词滥调的溢美之词,往往是在夜深人静的时候对自己重复,因为不幸的是,她始终无法忘怀自己遭遇的不公。一段副歌开始浮现,格外清晰,因为它与周遭世界的慷慨、理智、均衡与精明形成鲜明对比。她总在谈论自己的音乐,谈论针对她的阴谋——她认定报纸在故意打压她,尽管她的作品已经占据每座音乐厅。大致就是这些。不过除此之外,她是一位可敬的客人。对了,还有更多。我经历了某种奇怪的情绪起伏。当她坐在我的椅子上,映着火光时,她看上去就像十八岁,像个活力充沛、模样俊俏的年轻女孩。突然间,这一切又消失得无影无踪;映入我眼帘的是一面海浪侵蚀的古老岩壁;

一张仁慈而沧桑的面孔，令人对人性心生敬畏，或者让人感到它是不可战胜、坚韧不拔的。随后，我想我意识到她在夸奖我。不过话又说回来，她已经年逾古稀。我们的谈话中有几个精彩的时刻。比如关于嫉妒那段。"弗吉尼亚，你知道吗，我不愿意看到别的女人喜欢你。""那你大概是爱上我了吧，埃塞尔。""我不曾这样爱过谁。从见到你的那一刻起，我就满脑子都是你。我本来不打算告诉你的。"不过我想，这份爱意并不是我喜欢她的原因，因为这太难理解了——我喜欢的是那面不可战胜的古老岩壁，还有某个特定的笑容，非常灿烂，非常友善。不过天哪，我才没爱上埃塞尔呢。

9月2日，星期二

我跟莉迪娅走在小路上。我说，这一切要是不立刻停止，我就该病倒了。我指的是那种嘴里发苦的感觉，还有那个像铁丝囚笼一样笼罩在我头上的声音：是的，我很可能会被打垮，会病倒、死去。该死！就在这时，我晕倒了，嘴里还说："真奇怪啊——鲜花。"在偶尔闪现的片段中，我感到，也知道自己被梅纳德扛进了客厅。我看见 L 好像非常害怕。我提出想到楼上去。我的心在狂跳，我忍受着疼痛。等我走到门口，力不从心的感觉变得异常强烈，就像煤气那样将我吞没。我失去了知觉。随后，墙壁和挂画重新映入我眼帘；我又看见了生命的景象。奇怪，我说。同时躺着休息，让自己慢慢恢复元气，直到晚上十一点上床就寝。今天，星期二，埃塞尔来了，当时我正在门房——这个无畏的老妇人！不过这次与死神擦肩而过的经历十分发人深省，也很诡异。假如真的在另一个世界醒来，我一定会攥紧拳头，怒不可遏。"我根本不想到这儿来啊！"我应该会这样大喊。不知突然死于非命的人是不是都会这样。果真如此的话，不妨想想在一场战斗之后，天堂会是什么景象。

我准备用这最后几页稿纸总结我们的近况。描绘一幅全景图。如果抛开内莉的事不谈——这个话题令我生厌——我们过得前所未有地自由、富足。我在许多年的时间里从未有过一磅闲钱，或是一张舒适的床铺，或是一把填料饱满的椅子。今天早上，哈蒙德·刘易斯［家具店］送来了四把极其舒适的扶手椅，而我们都没怎么在意。

我很少见到利顿，是真的。我想，原因可能在于我们融不进他的圈子，他也融不进我们的。不过只要能单独见面，我们又会像往常一样。只是，假如你们一年只能见上八次，那你们还算哪门子朋友？我跟摩根保持着联系，以我们长期以来那种忽冷忽热的方式。我那些贝尔家族的亲戚都很年轻、高产、亲密。朱利安和昆廷变了许多。今年，昆廷变得邋遢、随和、自然而才华横溢，而他去年还像个纨绔子弟，挑剔又矫揉造作。朱利安要把书交给查托与温达斯书局出版。至于内莎和邓肯，如今我相信没有什么能破坏他们之间舒心惬意的关系，因为它建立在波希米亚式的生活态度之上。我这方面的倾向日益明显，尽管我早已名声在外。我越来越向往松弛与自由，喜欢在做好晚餐后随便在哪儿找张桌子吃饭。这样一来，轻松、邋遢和满足都得到了保证。我几乎见不到阿德里安。我会定期跟梅纳德见面。我很少见到萨克森。我有点讨厌他的小气，不过我不介意给他写信——说不定我真的会写。乔治·达克沃思想跟内莎吃个午饭，重温往日的情感，因为他感觉自己一只脚已经踏进了坟墓。毕竟，内莎跟我是他仅有的两个女性朋友。外面传来归巢的乌鸦怪异的叫声。我敢说，到了老年，势利带来的快乐在某种程度上会黯然失色。他说我们"成就斐然"——这是他的原话。

我的这幅全景图还不够完整。少了薇塔。是的，她那天来了，刚从意大利旅行回来，带着两个儿子；开着一辆尘土覆盖的汽车，沙滩鞋、一支佛罗伦萨烛台、几本小说之类的东西在座位上翻滚。其实我常常把朋友视作马车灯：借着他们的光芒，我又看见一片崭新的天地。前方有座山丘。我的视野又开阔了几分。

9月29日，星期一

最近这些日子彻底被我们那些朋友的殷勤给毁了。我必须收拾桌子，摘采鲜花，找够椅子，在下午四点钟或是一点钟准备就绪，去迎接之后的那一切，而这一天剩余的部分已经毁于一旦。总的来说，L的家人最精于此道。一切都如此艰难，如此不真实；我的话语与我的感受如此不符；他们的观念与我的差距如此之大；我不断给自己施压，尽力以正确的方式做蛋糕、开玩笑，流露出适当的热情与关切。当然，我常常出错，星期五就是一例。伍尔夫夫人，这个最自负的女人，开始像往常一样夸耀自己一手带大了这么多失去父亲的、一无所有的孩子。在她说完之后，除非我也对她的无私与勇气表示惊奇和赞叹，否则她是不会满意的。当然，这让我渐渐意识到他们都是多么丑陋，多么爱管闲事，多么无可救药地散发着中产阶级的气息。其实最受摧残的是我对美的感受力——眼看着他们使我家和花园变得庸俗，带来伯爵官区和酒店的气息；他们站在露台上，置身于苹果树和花丛之中，显得何等格格不入，何等古板、城镇化、衣着考究、不合时宜。但我却被按在那里，就像普罗米修斯被牢牢按在那块岩石上，眼睁睁地看着这一天，1930年9月26日，堕入粗鄙、丑陋和平庸。最糟糕的是，我无处可逃，否则年老的伍尔夫夫人准会抹起眼泪，觉得自己不受欢迎——她这样一个"极度敏感"的人，那么喜爱蛋糕，那么缺乏自娱自乐的能力，对我的感受、我的朋友那么彻底地不感兴趣；那么像吸血鬼，强烈地要求我给予毫无保留的关注与同情。天哪，天哪！历史上曾有多少女儿死于这种女人之手！她们在生活之上撒下了怎样一张自欺之网啊。她们的甜美之下是怎样的腐朽——变成一摊棕色的烂泥，像腐烂的梨子！然而与此同时，我却不能说自己受到了虐待。不，因为我感兴趣的不仅仅是自己眼前的事。不过我必须谨记，只有拥有坚实可靠的精神寄托，而不是只关注流言、蛋糕和他人的同情，老年生活才不至于不堪忍受。真难想象我将来会逼迫昆廷、朱利安和安杰莉卡陪我度过这样一个下午！我宁可去大英博物馆待上一天。

与内莉之间那场施展外交手腕的大戏已经拉开帷幕。我对她的医生说我们会付她薪水，但不会在她康复之前让她回来。

11月8日,星期六

昨晚,在奥托琳家,我在告别时有些激动地捏了捏他的手,感觉自己捏的是一只著名的手:叶芝的手。他出生于1865年,现在已是65岁的老人,而我今年48岁。所以他理当变得更有活力、更缜密、兴致更高,总的来说更老练,也更慷慨。他变得很结实。(我上次见到他——应该指出,他当时从没听说过我,奥托琳不遗余力地想让他注意到我,让我略感尴尬——是1907年或1908年,在戈登广场46号的一次晚餐会上。)他的身形十分宽厚,像一块结实的橡木楔子。他的脸庞过于圆润,但额头从侧面看却很平,上方点缀着一丛棕灰色的乱发。他的眼睛十分明亮,目光直率,不过被眼镜遮挡了光芒。尽管如此,他依然目光如炬,流露出他早年画像上那种警觉又好奇的眼神。我来时正赶上〔沃尔特·〕德拉梅尔在讲述一个冗长的梦:他梦见自己看见拿破仑的眼睛像宝石一样通红,诸如此类。叶芝意兴阑珊,甚至有些恼火,他开始回忆梦境,有点结结巴巴。真正生动的梦境是极其罕见的,它意味着——我忘记意味着什么了。他就这样谈到了做梦的状态、灵魂的状态,像一般人谈论比弗布鲁克[1]与自由贸易那样,仿佛那些不过是常识。德拉梅尔前不久刚刚去过国家美术馆,并不怎么喜欢那儿的绘画。叶芝说

---

[1] 指第一代比弗布鲁克男爵,即威廉·马克斯韦尔·艾特肯(William Maxwell Aitken, 1879—1964),出生在加拿大的英国政治家、报业大亨。

他对伦勃朗完全无感,对埃尔·格列柯[1]也无感。随后,他用一个精妙的隐喻阐释了绘画或其他艺术给我们带来的享受。接下来,在谈到我们认为哪些诗歌百读不厌、值得一读再读时,我回答是《利西达斯》[2]。德拉梅尔说他不喜欢弥尔顿的作品:他无法从中读到自己的情感。弥尔顿的忍冬不是他的忍冬,弥尔顿的夏娃也不是他的夏娃。叶芝说他很难从弥尔顿的诗歌中获得满足,那是拉丁化的诗歌(正如某人所说,弥尔顿对英语造成了一些不可挽回的破坏)。话题转向现代诗和长矛问题。叶芝说"我们",指德拉梅尔和他本人,之所以写"短诗",只是因为我们已然处在一个时代的末尾。他说长矛被赋予了绵延三千年的丰富联想,而蒸汽压路机则不具备这层含义。有了象征意义,诗人才能写作。而蒸汽压路机没有象征意义——也许今后会有吧,在三十代人之后。他和德拉梅尔只能写炉边小诗。大部分情感超出了他们的感知范围。我说,都有待小说家去表现。但与他的理论相比,我自己的说法如此粗糙、俏皮:其实我深知这门艺术的复杂性,也很清楚它的深意、严肃性与重要性。它让这位头脑活跃、精力充沛的大个子男人完全沉浸其中。他的直言不讳、要言不烦也给我留下了深刻的印象。他身上丝毫没有梦幻色彩。他仿佛居住在一片纠缠交错的野蔷薇丛中,随时可能从里面探出头来,又躲藏进去。对他而言,那里的每一根枝条都真实存在。事实上,他似乎主宰着他头脑中的整个知识体系,还有哲

---

[1] 埃尔·格列柯(El Greco, 1541—1614),西班牙文艺复兴时期画家、雕塑家与建筑家,被誉为"现代绘画之父"。

[2] 《利西达斯》(*Lycidas*),约翰·弥尔顿于1637年创作的诗歌。

Saturday November 8

学、诗歌、人文；他不再像从前那样犹疑不决。所以他的这份儒雅与慷慨自然也不足为奇。就拿他跟汤姆做个比较吧，后者前天刚来用过茶点，而且在我看来也是同样优秀的诗人。可怜的汤姆就充满怀疑、犹豫和顾虑。他的面孔变得壮实、圆润、白皙。神色阴沉而不祥。可是，啊——薇薇安[1]！世上还有比这更不堪忍受的折磨吗！他把她扛在肩上，任她撕咬、扭打、咆哮、抓挠，满面病容，扑厚厚的粉，神志不清，头脑却又清楚到疯狂的地步。她私拆他的信件。她不请自来，摇摇晃晃地走进房间，浑身颤抖。"你的狗这副样子是想吓唬我吗？你家招待过客人吗？这是偶然的吗？我只想知道这些。"（她全程疑神疑鬼，神秘兮兮，话里有话。）来点蜂蜜吧，是我家养的蜂酿的，我说。你们养蜜蜂吗？（就在我说那句话的同时，我知道自己正勾起她心中的怀疑。）"不是蜜蜂，而是大黄蜂。""养在哪儿呢？""在床底下。"诸如此类。这样聊了半个小时之后，我们已经筋疲力尽，很高兴看到他们起身告辞。汤姆脖子上就围着这样"一串雪貂"[2]。

细细想来，叶芝和德拉梅尔谈梦境谈得太多，很难令人满意。这就是德拉梅尔的短篇小说（我从奥托琳那儿借的）站不住脚的原因。

---

1 薇薇安·黑格－伍德·艾略特（Vivienne Haigh-Wood Eliot，1888—1947），T. S. 艾略特的第一任妻子，他1915年在牛津读书时与她结婚。
2 原文用的"bag of ferrets"是英国俚语，形容"人的行为举止失常或难以控制"。这里说的应该是薇薇安。——编者注

1932年

2月29日，星期一

今早我拆开一封信，是［剑桥大学］三一学院的院长寄来的：信上说委员会决定邀请我做明年的克拉克演讲[1]。一共要做六场。我想这大概是他们第一次邀请女性演讲者吧，所以对我来说，这是一项莫大的殊荣——想想吧，我这样一个在海德公园门22号的房间里自己读书、没受过教育的孩子，如今竟能有这份荣耀。不过我应该会拒绝，因为我怎么可能写出六篇演讲稿呢？那只会让我把一年时间浪费在文学评论上，或是变成一名公职人员，或是在应该向大学叫板的时候保持沉默，或是放下我的《敲门》[2]，或是推迟另一部小说的写作。但我的嘴角还是不由自主地上扬。是的，

---

1 剑桥大学三一学院为纪念威廉·乔治·克拉克教授而举办的一年一度的讲座，主题通常为英国文学。
2 即后来的《三个基尼金币》。

我说,那些读过的书结出了这颗怪异的果实。而且我相当高兴,尤其是想到自己不会接受邀请。我愿意想象假如我三十年前就能把这个消息告诉父亲,他大概会快活得红光满面,因为他的女儿("我可怜的小金妮")居然能受到邀请,去继承他的衣钵:这正是他想得到的赞美。

3 月 3 日,星期四

此刻我心情低落,因为恶魔突然间对我耳语,说我在《小说的层面》里还有六篇演讲稿,可以把它们翻出来改改,用来做克拉克演讲,以几周的工作换取同性的爱戴。我的头脑就是如此任性,现在我满脑子都是这件事情,完全无暇他顾。关于演讲的想法在我脑中涌动,那些内容只能在讲座中谈论。我的拒绝显得太懒惰、太怯懦了。可是仅仅两天前,这件事还让我觉得讨厌:我一心渴望心无旁骛地写《敲门》;还认定我一旦接受邀请,就无异于一个毫无节操、急功近利的猎人。无论如何,我很庆幸自己在当时的心境下果断写了信,在魔鬼对我耳语之前。我从抽屉里找来那份旧手稿;写得如此之好,如此充满巧思——什么都为我准备好了。

3月12日,星期六

我们去了哈姆·斯普雷[1]。那天晴朗明媚,我们在中午一点半抵达。"我还以为你们不会来了。"卡林顿说。她来开门,穿着短上衣和袜子,戴了条弯弯曲曲的项链。她显得苍白、娇小,默默忍受着悲痛;看着很镇定。她为我们准备了热汤。我坐在冷飕飕的餐厅里。"我没生火。"她说。她亲手给我们做了一顿热腾腾的午餐,做得很好,鲜美多汁。我们艰难地交谈。她愿意见我们吗?她会不会讨厌我们到这儿来刺探她的隐私?饭后,我们在游廊上小坐。我们请她帮我们制作信纸用的木雕版,还有给朱莉亚[·斯特拉奇]的书设计封面。我们试着聊了些八卦。她笑了一两次,眼睛似乎也变蓝了一些。不久,气温开始下降,我们挪了地方,坐进利顿的书房——一切都收拾得整整齐齐,他的信纸还铺在桌上——炉火烧得很旺。他的书籍全都码放在书架上,正好把书架填满,上面放着信件。我们围着炉火席地而坐。随后,L提议大家出去走走。她说她还有些东西要写,让我们自己去散步。我们只走到那个低矮缓坡的底部。然后L去摆弄汽车,我在花园里逛了逛,然后回到起居室。我正要抽出一本书,卡林顿就进来了,问我们走之前要不要一起用茶点。她已经备好了。我们一起上楼,手挽着手。我说:"我想看看窗外的风景。"我们站在那里,眺望窗外。她说:"你不觉得我应该

---

[1] 指的是"哈姆·斯普雷之家"(Ham Spray House),布鲁姆斯伯里团体成员的聚会场所之一,在相当长时间里是利顿·斯特拉奇、多拉·卡林顿和拉尔夫·帕特里奇的家。位于英国亨格福德镇以南。——编者注

让房间保持原样吗？我想让利顿的房间完全像他在世时一样。但斯特拉奇家的人说这是一种病态。你觉得是我太理想化了吗？""啊，不会，我也挺理想化的。"我说。她突然泪如泉涌，我搂住她。她抽噎着，说她一直活得很失败。"我已经无事可做了。我所做的一切都是为了利顿。但在别的方面，我一事无成。他们说他对我很自私。但我的一切都是他给的。我所有的知识都是他教给我的。他给我读诗，还有读法语。"我不想对她说谎。我说对我而言，生活有时是绝望而无用的，在我夜半醒来想到利顿之死的时候。我握住她的手，她的手腕似乎异常纤细。她仿佛孤苦无依，像只落单的小兽。她非常温柔，不时笑笑，亲吻着我，说利顿最看重他的老友。她说他曾和年轻男人鬼混。她很气愤，因为那些人根本不明白他有多伟大。我说这些我早就知道。去年，利顿终于决定步入中年。"我们本来要去马拉加的，他会写一写莎士比亚，再开始写他的回忆录，打算用十年完成。他的死真讽刺啊，不是吗？他还以为自己正在好转呢。他卧病的时候说了些李尔式的话。你们来的那天，我本想带你们去看他，可我又怕——詹姆斯和皮帕说我不能冒任何风险。这说不定让他难过了。"我们还聊了什么？时间有些仓促。我们喝了茶，吃了碎饼干。她站在壁炉旁。我们吃完就告辞了。她没说什么，也没有挽留的意思。她吻了我几下。我说："下个星期你要来看我们啊，或者不来也行，随你高兴，好吗？""好的，我会来，也可能不来。"她说。她又吻了我一下，说了再见。接着她就回去了。她转过身，我挥挥手，她也挥挥手，进了屋。

　　第二天早上八点半，园丁听见她卧室里传来响声。他走进去，发现她用手枪射穿了自己的大腿。不出三小时，她就去世了。

3月17日，星期四

卡林顿自杀了。L口中的"陵寝谈话"又开始了。我们是最后见到她的人，所以很可能会被找去问话；但他们断定这是一起意外。她坚持这么说，即使对拉尔夫也是，说她打兔子的时候脚滑了。我们讨论了自杀的可能。我又像往常一样，感觉往事变了味儿。利顿受到了那件事的影响。我有时会因此而憎恶他。他吞噬了她，迫使她自杀。现在我们得去见皮帕，还有詹姆斯和阿利克斯。之后去罗德梅尔。然后，也许跟罗杰和他妹妹马格丽去希腊。那将是一场冒险：经历了这段病态的日子，我想我俩都很渴望冒险。我们谈了太多的死亡，而且当然，死亡真的发生在我们眼前。

我们星期六从剑桥去了金斯林；穿过金斯林与克罗默之间那片宁静美好的海岸；绿茸茸的草甸背靠大海；还有树木和纯然的孤独，能看见渺小的老宅散布在各处；一些村庄在一座隆起的沙丘上铺展开来，如同中世纪的画卷；那些可爱而顽固的陌生地名；还有荒无人烟的道路。然而不知为什么，这一切都因为卡林顿的死而蒙上了阴影。这当然是因为帕特里奇[1]这个名字出现在墓碑和杂货店的招牌上。

---

1 卡林顿曾与拉尔夫·帕特里奇结婚，婚后姓帕特里奇。

1934年

10月26日

昨天我去了奥托琳家。老［W.B.］叶芝说他正设法让爱尔兰人重返18世纪伟人的行列。斯威夫特[1]！可是斯威夫特喜欢爱尔兰吗？叶芝发起了一整场爱尔兰运动——把爱尔兰跟英格兰区分开来。啊，他对英格兰的怨恨啊。一定要让他们找回自己的语言。你们一向富有而强大。你们能不带怨恨地创作。对悲剧的渴望——某项事业，那是文学的来源。

神秘学，他对此深信不疑。他的整个写作都建立在神秘学基础上。有一天，他正跟罗宾逊·埃利斯一起散步，"世界就是上帝的排泄物"这句话突然浮现在他脑海。两分钟后，罗宾逊·埃利斯说

---

[1] 乔纳森·斯威夫特（Jonathan Swift，1667—1745），爱尔兰作家、讽刺文学大师，凭借《格列佛游记》闻名于世。

了同样的话。这个巧合让叶芝相信另一种心智的存在。宗教和科学都无法解释这个世界,但神秘学可以。他目睹过幻象。一天夜里,他的衣帽架向前穿过房间。接着,上面挂的一件大衣开始发光;从里面伸出一只手。他在撰写回忆录,涉及乔治和格雷戈里夫人。谈话就这样持续了大概一个半小时。我太疲倦了,思维迟钝,但我依然能看出叶芝极其直率、质朴、平等待人。我喜欢他的称赞,也喜欢他本人,但我很难在下午茶时间谈论如何解开宇宙的奥秘。他老了,面色少了些红润,精力也不如从前。他小小的眼睛在宽大的眼镜后灼灼闪光,头发乱蓬蓬的,穿的是粗花呢。叶芝说他写回忆录时,不得不排除他自己,因为没有一个男人能如实刻画他生命中的女人。同样,也没有人真正了解自己。

1935年

4月9日

昨天我在伦敦图书馆遇见了摩根,结果被气坏了。"弗吉尼亚,我亲爱的。"他说。我很高兴听到他这样热情亲切地称呼我。"你乖乖地收集关于布鲁姆斯伯里的书籍了吗?"我问。"收集了。对了弗吉尼亚,你知道我是这里的委员会的成员吧,"摩根说,"我们之前讨论了是否要允许女性——"

我骤然意识到他们打算邀请我加入委员会,当时我打算拒绝。"啊,可里面不是有女性成员嘛,"我说,"有格林夫人啊……""没错,没错——确实有格林夫人。不过莱斯利·斯蒂芬阁下说过,下不为例。她实在招人讨厌。我提出:难道女性不会进步吗?可他们都一言不发,态度坚决。不不不,女人是不可理喻的。他们不肯听我解释。"

我看见自己的手剧烈地颤抖。我站在那儿,怒火中烧(也十分疲惫)。我仿佛看见整份名单都被划去。我想象摩根怎样提到我的名字,他们怎样告诉他不行,不行,绝对不行:女人是不可理喻的。想到这儿,我安静下来,没再说话。今天早上,我在洗澡的时候为我的书《论遭人鄙视》想好了这样一段话。我的一位朋友,获得了……某个奖项——主办方要为她难得地破例。简而言之,她被授予了一项荣誉——我忘记具体是什么荣誉了……而她说,他们居然真以为我会接受。我以名誉担保,我的拒绝会完全出乎他们的意料之外,尽管我拒绝得十分委婉,十分谦逊。我说:"他们竟敢认为你应当把鼻子凑近这桶秽物,你没告诉他们这会让你对他们怎么想吗?"她说,再过一百年也不可能。是的,这些愤怒对我的写作有益。因为愤怒会逐渐平息,变得透明:我知道该怎么把它们转化成优美、清晰、合理、讽刺的散文。该死的摩根,居然以为我会接受那……

庙堂的面纱——我忘记是学术的还是宗教的了——即将被掀开。她,作为一个例外,获准进入其中。然而两千年来,我们劳作却得不到任何报偿。所以现在你们也休想把我买通。一桶秽物?不,我说,尽管我对这份殊荣深表感激……总之,人必须扯谎,必须用尽全力挤出我们能找到的每一滴安慰剂,去涂抹我们的男性同胞发炎的脸面上肿胀的皮肤。女人绝对不能说实话,除非她们的父亲是屠户,还让她们继承了屠宰场的股份。

1936年

1月21日，星期二

国王[1]昨晚去世了。我们去皮姆利科吃饭，回来时驾车经过白金汉宫。这个夜晚晴朗干燥，风不小，相当冷。转过街角，驶过皇宫时，我们看见林荫大道沿线都排列着停泊的汽车。白色的纪念碑上站着人。栏杆旁挤着一大群人，如同蜂群。有人紧贴着栏杆，抓着铁条。有个不起眼的告示牌，形似课本，上面张贴着一份公告。我们不得不从警察面前驶过纪念碑，警察请我们停车，语气疲惫而礼貌。随后我们下车步行往回走，试着拨开人群，却依然寸步难行。于是我问一位警察："出什么大事了？"（我们开车出门时，只在新闻海报上看见"病体衰微"字样。）他回答："国王陛下即将驾崩。"他说得并不笃定，倒像在背诵别人交代的话，不过话音中透出一种秉公办

---

[1] 指乔治五世，1910年至1936年在位。

事的宽容。人群中出现了几次骚动和哗然。很多说着德语的外国人。有身份的男士占很大比例，全都身着半正式的晚礼服。我们正要转身离开，一团焰火——一束噼里啪啦、嘶嘶作响、镶着银边的亮光涌动着升上天空，像信号弹，又像节日的烟花，不过应该是某位摄影记者的闪光灯。栏杆前堆叠的人群在几秒钟的时间里变得煞白。在这之后，我们上车开回家里。街道空荡荡的。不过除了偶尔闪现的新闻海报——现在上面写的是"国王生命垂危"——路上没有任何不同寻常之处。那个我误以为是枪响的声音，其实不过是隐蔽处松动的门"砰"地关上。但到了凌晨三点，L被街上报童的叫卖声吵醒。国王其实是凌晨十二点零五分驾崩的。我们在皇宫门外的时候，他就已经去世。

南安普敦街上的男人大都打着崭新的黑领带，或者是深蓝色的，那是他们能找到的最接近黑色的颜色。在文具店，老板娘说话间带有隐隐的关切，仿佛我们都在为一位未曾谋面的叔父服丧。晴朗而寒冷的一天。阳光灿烂。

1月22日，星期三

美国人民在哀悼，仿佛那是他们自己的国王；日本人民潸然泪下。诸如此类。不过首相［斯坦利·鲍德温[1]］的表现其实十分得

---

1 斯坦利·鲍德温（Stanley Baldwin，1867—1947），英国保守党政治家，曾于1923年至1924年，1924年至1929年，1935年至1937年三次出任英国首相。

当——我们只能通过英国广播公司的官方声明了解情况。打开收音机，你会听见一只巨大的钟表嘀嗒作响。首相给人一种印象，仿佛他是一位疲惫的乡绅；国王也一样。他俩都喜欢在家中过圣诞节。王后非常孤单。夫妻俩一个尚在人间，一个撒手人寰，已婚夫妇多半会如此。他感觉国王最近有些疲劳，不过非常和蔼可亲，也很安静，似乎正准备奔赴一段漫长的旅程。昨天国王醒过来一两次，说了些体贴（他总是用"体贴"来形容国王）的话，随后问他的秘书："帝国如何？"——奇怪的措辞。"陛下，帝国安好。"听罢，他酣然入眠。最后，首相果然以"天佑吾王"结尾。

所有的店面都以黑色装点。我们在伦敦期间哀悼都将持续。黑色的雅诗阁酒店。

1 月 27 日，星期一

我忘记说了，我们看见了棺椁，看见王子们从国王十字走来：棺木上绘有拉长的金色猎豹，上面有一顶闪光的王冠和一枚熠熠生辉的淡蓝色宝石，还有几丛红白色的百合。三名抬棺人紧随其后，身着带仿阿斯特拉罕羔羊毛衣领的黑色大衣。"吾王"，借用我旁边那个女人的说法，面带瘀青，像被石匠凿过似的。唯有那份相对凝固的凄楚的绝望能把他与商店店主区分开来。那不是一张讨好逢迎的脸：它浮肿、粗糙，仿佛饱受酒精、生活与悲伤的摧残，像打鱼郎的脸一样通红。这一切不久就结束了。我也不打算继续围观。世界仍将继续向前，在明天的黎明时分。

1月28日，星期二

此时此刻，国王正在下葬，如果我在伦敦，应该会听见葬礼的声音。这个早晨晴朗温暖。太阳出来了，街道几乎空无一人。偶尔传来几声鸟鸣。

2月9日，星期天

现在是2月9日，我有三周时间来完成我的书。上午我一般工作三个小时，用过下午茶后通常能工作两个小时。之后我会昏头昏脑的，只好睡觉。

2月25日，星期二

这篇日记将展示我工作有多勤奋。直到现在——午餐前的五分钟——我才有工夫来这儿涂写几句。我整个上午都在工作：我大多数日子从五点工作到七点。我发誓要在3月10日之前完成手稿，并用打字机眷抄、修改完毕。好让L读它。

6月21日，星期天

经过极度痛苦的一周——确切地说是几个饱受折磨的清晨，这并非夸大其词——我头痛欲裂，感觉到彻底的绝望与失败，一股疼痛在颅内作祟，像得过花粉症之后的鼻腔痛。在这一切之后，我终于再度迎来了这样一个凉爽而宁静的清晨，我松了口气，感觉轻松而充满希望。日子过得如此勉强、如此压抑，让我无心记录生活。一切都经过事先安排，被固定下来。我会在楼下这里待半个小时，然后上楼，心中往往充满绝望。我会躺下休息；绕广场散步；回来，再写十行。在下午茶之后、晚餐之前，我躺在沙发上会客。这真是一个奇怪而不寻常的夏天。我在最恶劣的环境中磨炼我的技艺。

6月23日，星期二

一天好，一天坏，如此往复。很少有人像我这样，为写作而受尽折磨。但我依然相信我能把它完成，只要肯拿出勇气和耐心——不动声色地攻克每一幕，我想它会是一本好书。接下来——噢，它就该完工了！我的头脑宛如一台天平，一颗谷粒就能让它倾斜。昨天它达到了平衡，今天却一沉到底。

伦敦中西一区，塔维斯托克广场 52 号

10 月 30 日，星期五

距离我上次写日记已经好几个月了，但我现在并不想补上其间发生的事。出于某些尚不明确的原因，我并不想剖析这个非凡的夏天。我还能"写作"吗？这是一个问题。

11 月 3 日，星期二

奇迹永远不会停止——L 居然真的喜欢《岁月》！他认为到目前为止，它并不比我的任何一部作品逊色。我会把整个过程一五一十地记在这里。星期天，我开始审校样。读到第一部分的末尾，我陷入绝望——坚硬却确凿的绝望。昨天，我强迫自己一直读到"当代"一章。一达到这个目标，我就告诉自己这本书实在是烂透了，这毋庸置疑。我必须抱着这堆校样去见 L，像抱着一只死猫，告诉他不要读了，直接烧掉。我正是这样做的。而与此同时，我也卸下了肩头的重担。天气寒冷干燥，天色灰蒙蒙的，我出了门，步行穿过克伦威尔之女长眠的墓园，沿着霍本高街一直走到格雷旅馆，再走回来。我已经不再是天才弗吉尼亚了，而仅仅是一副微不足道却心满意足的——我能说魂魄吗？或是躯壳？十分疲惫。十分苍老。我们在压抑的气氛中吃了午饭：沉闷的忍受。我并不是不高

兴。L说他认为我对这本书的判断可能有误。饭后，好几个陌生人来到家里。之后，等用过茶点，我们去了《星期日泰晤士报》办的图书展。那里真是人山人海！而我却感觉多么麻木——多么疲惫！我们回到家，L一言不发地读啊读啊。我的情绪逐渐跌入谷底，体温再次可怕地上升，我沉沉睡去，仿佛脑部的供血被人掐断。忽然，L放下手中的校样，说他觉得这本书非同凡响——并不比别的作品逊色。他还在读，而我，在费尽心力写下这段文字，感觉筋疲力尽之后，打算上楼去读那本意大利语书。

11月4日，星期三

L已经读到"1914年"一章的末尾了，依旧认为这本书非同凡响：非常古怪，非常有趣，也非常悲伤。不过我的问题在于我很难确信他是对的。这很可能只是因为我之前夸大了它的缺点，而他读完发现并非如此，才会放大它的优点。如果想出版这本书，那我必须立刻坐下修改。可是我哪里做得到？我感觉每两句话中就有一个糟糕的句子。这是我面临的最令人困惑的局面之一。当然，我们可以向摩根求助。

11月5日，星期四

奇迹出现了。昨晚十二点左右，L放下最后一页稿纸，说不出一句话来。他热泪盈眶。他说这是"一本了不起的书"——他对它的喜爱超过了《海浪》。它毫无疑问必须出版。我高兴得手足无措——与星期二上午相比，这是个多么惊人的转折。我过去从没有过这样的感受。现在外面大雨倾盆，我们出发前往刘易斯，去买烟花。

11月10日，星期二

我不知道还有没有人曾像我对《岁月》这样，为一本书耗费如此多的心力。出版之后，我不会再多看它一眼。这个过程有如一次漫长的分娩。回望那个夏天，每天早晨都被头痛折磨，逼迫自己穿着睡衣走进那个房间。每写完一页就躺一小会儿，而且始终认定自己注定失败。而现在，只要能脱手，我根本不在乎别人会怎么说。马德里没有陷落。混乱。杀戮。战争包围了我们这个岛国。

1939年
罗德梅尔，蒙克屋
MONKS HOUSE, RODMELL

1月5日，星期四

我换了个新笔尖，在这个晴朗的一月清晨用刚才那五分钟写下了新年的第一页文字。我们大概在十四五天前来到这里，发现水管全结了冰。有五天都在下雪——天气严寒，狂风肆虐。我们顶着风雪蹒跚前进了一个小时。车轮都上了防滑链。圣诞节那天，我们踏着嘎吱作响的积雪来到查尔斯顿和提尔顿。接着，仅仅两天后，我们一觉醒来，发现到处都是鲜绿的嫩草。厨房窗户上长长的冰柱都在滴水，开始融化。水管解冻了。现在的天气，就像一个东风吹拂的六月清晨。

winter at
monk's house

1月9日,星期一

鉴于《罗杰》[1]已经让我把大脑变成了洗衣老妇身上的法兰绒,我必须得写点别的。先是这篇随意的文字,然后,我发誓,在星期天回去之前,一定要抽出四天来写小说。尽管我的写作欲望已经丧失大半,连小说也写不动了。罗德梅尔的生活极费脑力,冬天尤其如此。我一口气写了三个小时,花了两个小时散步,然后我俩一起看书,一直看到夜里十一点半,中途做了晚饭,听了音乐和新闻。天气时好时坏。又是洪水又是狂风,沼泽被淹。查尔斯顿的人也四分五裂。梅纳德的父亲生命垂危。这让我想起还有两篇讣告没写:一篇给杰克·希尔斯,一篇给米兹[LW[2]养的母猕猴]。其实早该写完,无奈之前创作太过忘我。米兹应该是在节礼日[3]那天死的:它那张老妇人似的白脸皱成一团,双眼紧闭,尾巴绕着脖子。L冒雪把它埋在了墙根底下。杰克大约是在同一天死的——不对,他死在圣诞前夜。如果当时有心(但实际没有),我本可以再现他的一生,写写他三十年前曾如何影响我们的生活。可现在,我早忘了他跟哪些人见过面,连他住哪儿都不记得了。但在我们所有的年轻校长中,他是最开明、最宽容的一位,若不是因为我们后来走上了不同的道路——他投身政治与体育,我们则投身布鲁姆斯伯里——他原本最有可能融入我们日后的生活。

---

1 即《罗杰·弗莱传》。——编者注

2 即伦纳德·伍尔夫。

3 圣诞节后的第一天,即12月26日。

伦敦中西一区,塔维斯托克广场 52 号

1月17日,星期二

星期天来到伦敦。上午只剩最后五分钟了。但愿我能把一些关于"时局"的想法提炼成型。佛朗哥正一天天接近西班牙内战的胜利。我梦见了朱利安。有人写了《布鲁姆斯伯里的局限性》一文攻击他,就是珍妮特·亚当·史密斯。她认为他应该去矿村里住一阵子,改改那些毛病。可她自己又实践过什么呢?星期天去了克莱夫家。好好聊了聊绘画和音乐。安杰莉卡唱了一首歌。L 高谈阔论。内莎也是。我要暂时把《罗杰》放一放,给自己放个假,腾出四天来写《波因茨庄园》[1]。

1月18日,星期三

我要去散步,去冒险,找一天下午去看画展。下午茶过后,我总在不恰当的时刻径直陷入对死亡与衰老的思考。为什么不能把死亡变成一种令人兴奋的人生体验呢,就像结婚之于年轻人那样?如今,写作才能使我延缓了衰老——我依然文思泉涌。依然对阅读抱有不变的热忱……今天天气阴雨。湿漉漉的雨滴从天而降,在路上

---

1 即后来的《幕间》。

溅起白沫。但不管怎么说,我必须慢慢重拾《罗杰》,同时坚决地合上《波因茨庄园》。

1月24日,星期二

下午张贴的布告上写着"佛朗哥逼近巴塞罗那",还有"战争防御措施"。后一条指的是我国新出台的志愿入伍政策。前一条是后一条的起因。看完花卉展览,我在回来的公共汽车上讲述了我那部新"小说"的内容。我们盘算着今后还有哪些书要写,前提是我们还能再活三十年。

1月29日,星期天

不出所料,巴塞罗那沦陷。希特勒明晚要做演讲,下一场带妆彩排开始了。过去三天里,我见到了玛丽·斯托普斯、波利尼亚克夫人、菲利普、皮平［·伍尔夫］,还有弗洛伊德医生。我们也邀请了汤姆来吃晚饭并参加斯蒂芬斯家的聚会。弗洛伊德医生送给我一株水仙。他置身于一间宽敞的图书室,坐在纤尘不染的锃亮书桌前,房间里点缀着小小的雕像。我们则像他的病人那样坐在椅子上。一个郁郁寡欢、满脸皱纹、老态龙钟的人:猴子般灵活的眼睛,动作有气无力,略带痉挛,说话语无伦次,但十分机警。他谈到希特勒，说这种毒素我们得花一代人的时间才能化解；还谈到他自己的书。名声？我与其说名声在外，倒不如说臭名远扬吧。他的第一本书赚了不到五十英镑。谈话进行得十分艰难。这是一次采访。他女儿［安娜］和［儿子］马丁帮了不少忙。很值得一写。我是说，我重新燃起某种昔日的热情。我们告辞时，他表明了态度：你们会怎么做呢？英国人——唯有战争。

1月30日，星期一

弗洛伊德说，如果英国当年没有赢得战争[1]，情况会比现在更糟。我说我们总觉得愧疚，总觉得要是我们没赢，希特勒或许就不会得势。不可能，他斩钉截铁地说，那样的话，情况会比现在糟一万倍。

昨晚传来了叶芝的死讯。这位身材壮实、面孔狭长的伟大诗人，我最后一次见他是在奥托琳家里。现在，我们所有人都在忐忑地等待希特勒今晚的演讲。

1月31日，星期二

昨天过得很明智。谁也没见。乘公共汽车去南华克桥。沿泰晤

---

1 应该是指第一次世界大战。——编者注

士街散步，看到一段通向下方河道的楼梯。走下去——楼梯尽头拦着一道绳索。找到了泰晤士河的河岸，就在几座仓库下方。河岸上很滑，散落着石块和一些电缆，桥边有几条船。路相当滑。仓库墙皮剥落，杂草丛生，残损破旧。涨潮时想必会被河水漫过。这会儿水位很低。有人从桥上向下张望。路很难走。这片老鼠出没的河岸布满粗重的铁链、木桩、绿色的稀泥、河水侵蚀的砖块和潮水冲上来的纽扣钩。冬风寒冷刺骨。我想到来自巴塞罗那的难民，他们得步行四十英里，其中一些人还抱着襁褓中的婴儿。朝伦敦塔方向走。绕了一圈：在哈特街上找到了圣奥拉夫教堂，还找到了佩皮斯[1]的教堂；太冷了，没能进去看看。又逛了逛芬乔奇街的小巷和比林斯盖特市场。乘公共汽车回来，沿途经过的街道和店铺都是这个工业时代的产物。回到家，发现把水壶忘在炉子上了，潲出来的水扑灭了火。读了米什莱[2]，给德斯蒙德写了信。L去费边社了。我打开留声机，听《我们的主人之声》，希特勒听上去并不像想象中那么乖戾。读书。就寝。

2月17日，星期五

烦透了谈话——足足九个小时的浅薄谈话。好在买到了米什莱

---

[1] 塞缪尔·佩皮斯（Samuel Pepys，1633—1703），英国日记作家、托利党政治家，历任海军部首席秘书、下议院议员和皇家学会主席。

[2] 儒勒·米什莱（Jules Michelet，1798—1874），法国历史学家，有"法国史学之父"的美誉。

的书，还有［H.G. 威尔斯的］《盲人国》。今天上午，钉锤和电钻来势更加凶猛——他们要拆除塔维斯托克广场，用来新建办公楼。我冒着户外清冷的寒意去买笔记本。打算开启一场文学壮游。也就是说，我打算写一本书，关于发现，关于阅读就像抽出一条长长的线。一定要回溯我从塞维涅夫人[1]到米什莱，再到萨默塞特·毛姆[2]等人的阅读路径。构思大致如此，得到了"大袋鼠"马格丽·斯特拉奇的鼓励。她恳求我多写写书评——这也正是我长久以来的心愿。

2月28日，星期二

昨天，佛朗哥政府正式得到承认。而这场战争夺去了朱利安的生命。不过我想内莎正努力让自己好好活下去：成功在望；非常充实。

3月11日，星期天

昨天，我写下了《罗杰》初稿的最后一个字。现在我要开

---

1 塞维涅夫人（Madame de Sévigné，1626—1696），法国书信作家，其作品反映了路易十四时代法国的社会风貌。
2 威廉·萨默塞特·毛姆（William Somerset Maugham，1874—1965），英国小说家、剧作家，他那个时代最受欢迎的作家之一。

始——哎,根本谈不上开始,只是一遍又一遍地修改。又要绞尽脑汁了。我疑虑丛生,怀疑自己写不了传记,或者根本不该写这本书,但我还是撑到了最后。也许可以抽一点时间小小地犒劳一下自己。主要事实或多或少都提炼出来了。

3月16日,星期四

今早,我从报纸上读到杰克[·希尔斯]身后只留下了三千英镑遗产,还读到希特勒已经挺进布拉格——这种行径,用首相的话说,"有违慕尼黑会议的精神"。不管怎么说,我的观感并不重要。我们静观其变。

3月22日,星期三

汤姆把他的剧本寄给我了,名为《合家团圆》。不行,写得不好。我周末通读了一遍。它挑起了讨论。可是,哎……看得出来,风格化的对白实验并不成功。他是个抒情诗人,不是剧作家,但这部戏剧中并没有自由奔放的抒情——完全被人物牵制了,这些人物就像扑克牌一样面无表情。最像扑克牌的就是汤姆本人。一张铁面无私的扑克牌。开篇很讨巧,很有想法;但很快消耗殆尽;完全不引人入胜;一盘散沙。失败之作——证明他不是当剧作家的料。今早的报纸委婉地指出了这一点。我们星期四走。当然，出于某些不便细说的原因，我私心觉得松了口气：为什么？原因很多。但我不能在此详述。政局趋于平静。不过金斯利［·马丁］在电话里直言不讳。

3月29日，星期三

汤姆肯定知道他的剧本写砸了。他面色蜡黄，眼睑低垂。我们谈到他的感冒。我注意到他说他那些关于政教关系的说教都"很糟糕"。或许，这证明他已然认定自己所有的作品都可以这样形容。不过这个傍晚却意外地愉快。金斯利·马丁不请自来，私下向L透露德军飞机已经飞过伦敦上空。马德里沦陷。金斯利说战争已不可避免。

3月30日，星期四

真不该单独招待休［·沃波尔］。他把他的床笫秘事巨细靡遗地讲给我们听，我记住了如下内容。他爱上的全是直男。某次差点为［劳里茨·］梅尔基奥尔投河自尽。他跳进一条河，陷入淤泥，握着一把切肉刀，看见自己的倒影，顿觉这一切荒谬至极，于是放过了自己。他还给我讲了象堡那些澡堂子，讲男人如何去那儿寻欢作乐。他曾与哈罗德维持了十五年的无性婚姻。这一切堆砌成了我此前一无所知的丰富生活,但他不能把这些事写进小说。所以他的小说写的都是他从没亲身经历过的事,难怪写得不好。他不敢写自己的真实生活。他喜欢的那些人会吓一大跳。他还告诉我他如何同时睡了一对父子。交合消弭了隔阂。阶层障碍不复存在。在汉普斯特德,他跟哈罗德的亲友住在一起,丝毫不觉得尴尬。这些都比他的文学见解有趣多了,起码让我们看到了休的另一面。我们一口气从下午四点半聊到了七点半。我喜欢他,喜欢听这些,尽管暗自在心里羞红了脸。

3月31日,星期五

我昨晚写了一句话——关于背负着生命沉重的甲胄,很乐意把它卸下。不知道事实是否的确如此。在家中度过了焦虑的一天;之后L有点发烧,上床睡了。回忆录俱乐部聚首在即。我感觉自己背负着生命沉重的甲胄,很乐意任它脱落。我对自己说,记住,就这样描写衰老。我对描写衰老十分警惕:这句话一定得记下来。我时常有这样的思考,却忘得一干二净。由于L表现正常,而且上午天气晴好,我并没产生身穿甲胄的感觉,只是有些精神涣散,难以专注。

罗德梅尔,蒙克屋

4月11日,星期二

昨天待在提尔顿。那里舒适又清净,一切仿佛都在阻碍我开始修改《罗杰》。按两周一章的进度算,我改完《罗杰》得花三个月时间。再说说战争。这个最明媚的复活节,却有如此阴沉的背景。议会星期四召开会议时,我们像一群乖巧的孩子那样等待着应该向我们公布的消息。在提尔顿,谈话从药物开始;然后是梅纳德的激进疗法;然后谈到政治;最后五分钟留给汤姆的剧本。鉴于意大利已经吞并了阿尔巴尼亚,加之仇恨情绪普遍蔓延,就连梅纳德也已经不抱什么希望了。一旦战争来临,男人、女人、孩子和狗都会坚决支持参战。但就个人而言——我真是喜欢在私人领域与公共领域之间来回跳跃——他的眼睛变蓝了,皮肤红润了,走路也不疼了。莉迪娅全心全意地帮他养病。

天气酷热难耐:鸟儿啁啾,蝴蝶飞舞。我在读狄更斯,算是重温。同时我还在读拉罗什富科[1]。陷入瓶颈就读读乔叟。要是有一点时间——不过下星期应该能清静清静——要是没有战争,我就会一路飞升,进入那激动人心的境界,那难得的状态:我的头脑会飞速运转,快得近乎麻木;就像飞机的螺旋桨。

---

[1] 弗朗索瓦·德·拉罗什富科(François de La Rochefoucauld,1613—1680),法国格言作家。

4月13日，星期四

在流感中度过了两天。时局山雨欲来。张伯伦今天在议会发表了声明。战争大概不会明天就来，但又向我们逼近了一步。

4月15日，星期六

奇怪，轻微的流感加普通感冒竟能造成如此严重的抑郁。好在我对抑郁很有兴趣；还给自己安排了一个拼凑碎片的游戏——我是说我点起火，设法把自己吊在上面，上下轻轻摇动。烹饪是一剂良药。哎，可是我昨天情绪非常低落，沮丧至极。噪声和建筑工地也令人压抑。我们亲爱的战争始终徘徊不去——开战时间已经推迟了一个月。

伦敦中西一区，塔维斯托克广场 52 号

4月28日，星期五

试着修改描写罗杰婚姻的章节，改得头脑一片混乱。昨晚 L 说他爱我更多，让我心头一暖。我们谈到如果对方去世，我俩谁会更伤心。他说，他比我更依赖我们共同的生活。他用花园举例。他说我更多地生活在自己的世界。我会长时间地独自散步。我们争论起来。想到自己被如此依赖，我心花怒放。奇怪的是，我极少有这种感觉，而"共同的生活"是无处不在的现实。

哎，昨天跟伍尔夫夫人喝的下午茶真是让人抑郁。她死气沉沉的——像岩石上一丛衰老的杂草；还抱怨个不停。顺便，我们谈到了死亡；L说他希望自己比我先走。伍尔夫夫人孤独的晚年是如此不堪。不过L说，她之所以孤独，是因为采取了一种不切实际的态度，活在一种感伤的幻觉之中。她把自己视作深受爱戴的女家长，把自己的态度强加到子女身上。这种执念让她失去了一切别的乐趣：她对任何与己无关的东西都不感兴趣，无论是绘画、音乐还是书籍。不让人陪伴，也不让人读书给她听；铁了心要依靠几个儿子。于是，她不断暗示赫伯特跟哈罗德有多好；含沙射影地怪L对她不够上心；暗示是我把他从亲人身边抢走，把他变成了我家的一员。我们就这样在那个狭小炎热的粉色房间里坐了两个小时，没话找话。中间会出现可怕的沉默，我们脑中一团乱麻；一切都那么灰暗、乏味、陈旧、无望。

4月29日，星期六

可什么是有趣的呢？我在想自己十年后会喜欢读什么样的东西。完全想象不到。大概是事实记载吧。编年史那种，而不是小说。昨天我穿了皮草去伦敦散步，因为天气极冷。我在萨沃伊礼拜堂驻足，有摄影师聚在那里。新娘很快到了。汽车缓缓前行。年老的修女站在阳光下观看。有人摄像。一支小小的婚礼队伍——稀稀拉拉，略显淡漠，我觉得应该不太富裕。然后我沿着维多利亚堤岸漫步，去往黑衣修士区后方的皮草市场，那里弥漫着皮草的气息。找到了伦敦行业总会的几栋老楼。去了坎农街。买了一份报纸，上面登着希特勒的演讲。坐在公共汽车上层读报。所有人都在读同样的内容，连卖报的也是，充分说明人们对此是何等关注。然后去了国王道。买了几只文件夹。L请四位男士来家里讨论一份备忘录。我读了乔叟，读得津津有味，温暖又愉悦。内莎打来电话。最后上床就寝。

5月1日，星期一

一个糟糕的上午，改《罗杰》改得灵感枯竭。不过我下定决心要埋头苦干，干好这个活儿，而不是搞什么艺术创作。这是唯一的办法。强迫自己继续——但毋庸讳言，这的确是一份苦差，也必然如此。我必须坚持到底。

5月14日，星期天

原来我上次在修改《罗杰》和用午餐之间抽出几分钟来写日记，

已经是两个星期前的事了。我的头脑像一团乱麻，紧紧缠绕在一起。一天傍晚，为了解开这团乱麻，我躺在我的"疗愈椅"上打了会儿瞌睡。但噪声让我心烦。隔壁那两栋房子已经拆除；我们的屋墙被支撑起来。曾是酒店房间的地方留下斑驳的墙纸。于是南安普敦街上嘈杂的车流毫无遮拦地向我扑来。我渴望搬进梅克伦堡广场37号，但很怀疑我们能不能把它拿下。跟约翰［·莱曼］谈到未来。今年光景不好，他备受困扰。37号那栋房子看上去很宽敞，而且那么安静，我能在那儿的每个房间里睡着。但念念不忘也没用。再说，拿下了它，8月就要面临可怕的搬家。顺便，我们要在圣灵降临节之后去布列塔尼。闲逛整整两个星期。现在，这些事就够我操心的了，足以灌满我的大脑这只干涸的水箱。

5月25日，星期四

难得在这里记几句话，然后就要匆匆离开：L在谈价钱，准备租下梅克伦堡广场楼上的房间；而我正在打包。我们要搬走了：我应该不会再在这个被搬空的单间里写下任何东西了。我得上楼收拾行李。要去布列塔尼和罗德梅尔待三个星期。

不断被看房的人打断。今天是它被委托给地产经纪人的第一天。我们会一直面朝那片宁静的大花园，沐浴着阳光，直到生命尽头吗？但愿如此。

6月23日,星期五

在四个星期后重返伦敦。其中有两个星期都在驱车游览布列塔尼。伦敦的喧嚣顿时扑面而来。我们签下了梅克伦堡广场,而现在的地方尚未租出。

6月24日,星期六

昨天,伦敦相当有力地破门而入,[维多利亚·]奥坎波[1]带来了吉赛尔·弗罗因德[2]和她的全套设备,并将设备往客厅里一架。结果就是我得在三点钟当起模特儿——啊,我诅咒这狭隘鄙俗的照相宣传表演。简直让人无处遁形,奥坎波就坐在沙发上,弗罗因德就在我对面。我的下午就这样浪费在我最不屑、最讨厌的事情上了。一张真人大小、活灵活现的彩色照片——只不过把L给拍进去了。

6月26日,星期一

昨晚在内莎家聊天,谈的主要是[马克·]格特勒自杀的事。

---

1 维多利亚·奥坎波(Victoria Ocampo,1890—1979),阿根廷著名作家、知识分子,文学杂志《南方》的出版人。
2 吉赛尔·弗罗因德(Gisèle Freund,1908—2000),法国摄影记者。

Sunday June 24

两天前的夜里，他在画室打开瓦斯自尽。作为画家，他的画技已经实现了突破。的确如此，内莎和邓肯说；他的上一场展览刚刚结束，进步很大，可圈可点。所以他为什么要在模特走后拧开瓦斯呢？他是个意志坚决、不苟言笑的男人：气质儒雅；热爱绘画，尽管极度自恋。他俨然已经功成名就。当然，他很穷，只得教画为生。大概骨子里过于死板，过于自我，过于坦率和狭隘，所以才不满足，也不快乐。可是凭他的才智与趣味，个人生活为什么会如此痛苦？因为他的妻子？我们不得而知。

6月28日，星期三

薇塔过来吃午饭。伍尔夫夫人摔了一跤，摔断两根肋骨。L在晚饭后去了养老院。我想她应该没有生命危险。这些老妇人体内有股可怕的力量，能消极地对抗死亡。她们像吸血鬼一样长生不死。这么说或许有点残酷。不过说实话，要是她能为这一切画上句号，大家都会松一口气。这太令人煎熬了。她还想方设法地歪曲种种情绪，家里人不得不因为她的异想天开而劳神费力，直到最后，他们唯一真心期盼的就是这一切尽快结束。

6月29日,星期四

昨天很沮丧;去福南梅森百货的伪君子大厅买鞋。大减价,但打折的都是卖不出去的那种。那里的气氛抽打着我的皮肤——到处是英国上层人士,人人都腰杆笔直,指甲鲜红;我自己简直像个笑话。这里噪声很大。即使会损失租金,我依然毫不怀疑租下37号是非常值得的——那里会安静得像个天堂。

7月3日,星期一

昨晚L的母亲去世了。看着她咽气十分煎熬,令人莫名沮丧。她逐渐停止了呼吸。L说就像看着动物一点点死去。今天天气晴朗,下了阵雨。我们请金斯利·马丁来吃晚饭,然后去摄政公园散步。每当有熟人离世,我总会特别留意当时的天气,就好像人的灵魂还会在意天气是潮湿还是多风似的。不过我没法写文章,为那位精神矍铄的老太太感到难过,尽管我每次见她都如坐针毡。她曾是个活生生的人:坐在她那把高背椅上,背靠粉色靠垫,周围摆满鲜花,总不忘给伦纳德留一支烟,做了一盘又一盘蛋糕,硬要塞给我们吃。但我的感受很复杂,很琐碎。每当写作受阻,我就会陷入一种破碎散乱的状态。

7月6日，星期四

　　[伍尔夫夫人]昨天下葬。他们在犹太会堂办了一场追思会。那里允许女人进入，所以我也去了。但那只是个妥协之举，跟她也没什么关系。所以她是个怎样的人呢？让我想想——小个子，窄肩膀，身形粗壮。她常常点头。有一头卷曲粗硬的银发。我们进门时，她总会问："弗吉尼亚来了吗？"我会开玩笑说，见到我可别太失望哦。她听了会哈哈大笑，亲吻我，轻轻拍我一下。我们处得不错，有说有笑，每次都被同样的笑话逗乐，靠它们熬过每次长达两个小时的下午茶。"告诉我，你在忙些什么？"我会提前想好答案，大多是瞎编的。但她的气质中也有某种直率，能给家人、朋友带来许多欢乐。这些都是很个人的。她在我的生活中并不重要。实际上，我想老年夺走了生活中一切的真实：只剩下这只可悲的动物，这具想留住生命的躯壳。此刻我提起笔，却想不到她有什么值得一写的地方，脑中只有点滴趣事。没有任何能把她写活的素材——除了"弗吉尼亚来了吗？"这句曾深深打动我的话。

7月12日，星期三

　　经历了昨天的极度沮丧，我几个星期以来头一次带着些许愉悦修改了《罗杰》。可我们实在打不起精神。晚饭后，我们出去看电影。L问我想看什么，其实我什么也不想看。荧幕上是托特纳姆法院路上成群结队的流氓和泼妇，全都奇形怪状，发育不全，凶神恶煞，大汗淋漓，丑陋不堪。我感觉闷热难耐。一切都令人不快。最后我终于说，出去吧，快走，快走，用我惯用的沮丧语气。于是改去拜访内莎。安杰莉卡已经睡下。克莱夫在；邓肯滔滔不绝；我们尽情地欢笑、八卦。瓦妮莎话很少，大概是因为担忧，但同时也很"乐观"。她会笑，会加入我们的谈话，尽管总会再次低落——毕竟还想着朱利安的事。噢，亲爱的。不过这个欢快明媚的夜晚一扫我内心的阴霾，或许对 L 也是。这个季节不适合待在伦敦。

7 月 13 日，星期四

在梅克伦堡广场待了两个小时，规划房间，装电灯，布置厨房，等等。执行起来惊人地困难——我们所有的书籍、地毯、家具，外加 L，都萎靡不振。我冒出一个阴暗的想法：我会死在哪个房间？哪个房间会上演那些——哦，不，我不能去写那些注定要在这里上演的悲剧。

7 月 25 日，星期二

我本该在此记录搬离塔维斯托克广场 52 号的感受。可是——被打断了。

罗德梅尔,蒙克屋

7月28日,星期五

我忘了说我们来到了这里。这几天天气不错,风和日丽;沼泽地里一片阳光明媚。人们在收割干草。沼泽地里散落着人影。我在读纪德[1]的日记,是可怜的死人脸埃迪〔·萨克维尔-韦斯特〕推荐给我的。奇怪,如今日记体蔚然成风。已经没人肯潜心研读艺术作品了。

7月30日,星期天

天气不错。我们做了各种喜欢的事。这样的生活是何等开阔,在伦敦的压抑之后。我往我的脑袋里装满书籍,就像海绵吸水那样——在伦敦我一个字也读不进去。准备腾出一两天来写《波因茨庄园》,暂时把《罗杰》放一放,换换脑子。

7月31日,星期一

我们被人声吵醒,继而被淹没——这是我们昨天听到邀请我们

---

1 安德烈·纪德(André Gide,1869—1951),法国著名作家,1947年诺贝尔文学奖得主。

去查尔斯顿的电话响起时说的原话。邦尼［·加尼特］在那儿；安杰莉卡喜怒无常；不过谈了不少东西。邓肯的四百八十幅油画、他的新画室、内莎面朝花园的卧室、昆廷的盆栽棚，还有关于战争的传言。商讨了回忆录俱乐部成员的下次聚会，然后回家。天气很冷，阴云密布——但种满庄稼的丘陵闪闪发光，是我喜欢的模样。我可怜的、衰老的头脑十分虚弱——不过原因何在？它经受了《波因茨庄园》的考验。是因为我上了年纪吗？还是因为《罗杰》？

8月7日，星期一（银行假日[1]）

我一直在思考审查员问题。想着那些有远见的人如何规劝我们。我要是这么说，某某就会觉得我感情用事。我要是那么说，谁谁又会觉得我太布尔乔亚。现在，我感觉所有的书都被看不见的审查者包围。所以它们才会如此扭捏，如此不安。田野里传来孩童的哭声，让我想到贫困，想到自己优渥的生活。我应该去村里的运动会吗？"应该"这个词就这样闯入了我的思绪。

啊，而且我换衣服的时候在想，要是能写出人日渐衰老，一步步迈向死亡的过程，那该多有意思啊。就像人们描绘爱情那样。记录种种衰退的迹象：不过为什么一定是衰退呢？将衰老视作一种经历，与别的经历都不相似。留意迈向死亡的每一步，因为死亡是一种伟大的体验，而且，至少从过程上讲，不像出生那样毫无意识。

---

[1] 顾名思义，"银行假日"（Bank Holiday）就是银行放假不营业的日子，属于英国的法定公众假日。始于1871年。——编者注

8月25日，星期五

描写"战争危机"或许比谈论罗杰的情史更有意义。是的，我们到了最危险的时候。英国卷入战争了吗？一点钟我要听听广播。从情绪上讲，现在与去年九月截然不同。昨天，伦敦几乎有种漠不关心的氛围。火车上乘客寥寥无几——我们是坐火车去的。街上也没有熙攘的人群。一家搬家公司打来电话。正如工头所说，这是命中注定。谁能对抗命运呢？[梅克伦堡广场]37号一片狼藉。博物馆都已关闭。探照灯打在罗德梅尔山上。张伯伦[1]说危险迫在眉睫。苏德条约[2]是个令人不快的意外。我们现在很像一群绵羊。无精打采。坚韧而迷茫。我疑心有人巴不得"与战争共存"。买了双份储备物资，还有一些煤炭。一切都太不真实。心中生出一丝绝望。很难写作。战斗机出没。战争一触即发。这一切背后当然是深重的悲观情绪。年轻小伙被撕成碎片：母亲们悲痛欲绝，像两年前[3]的内莎那样。集体情绪掩盖了个人感受，又渐次退去。身体不适，心不在焉。这一切都与37号狼藉的景象交织在一起。

---

1 亚瑟·内维尔·张伯伦（Arthur Neville Chamberlain，1869—1940），英国保守党政治家，1937年5月至1940年5月任英国首相。
2 指1939年第二次世界大战爆发前，苏联与纳粹德国在莫斯科签订的《苏德互不侵犯条约》。该条约旨在初步建立苏德在扩张问题上的共识，条约的签订导致波兰被瓜分。
3 1937年，内莎（瓦尼莎）之子朱利安死于西班牙内战战场。——编者注

8月28日，星期一

打完保龄球之后，我待在外面，想谈谈——谈什么呢？谈谈这兴许是和平年代的最后一夜。九点的简报是否会终结一切？是的，包括我们的生命，或许还有未来的五十年？我想大概所有人都在记录这最后一日。我在山丘上散步。躺在谷堆下，凝望着空旷的大地，看粉色的云朵飘浮在夏日湛蓝的天空。四周静得出奇。工人们在路上谈论战争——一个人赞成，一个人反对。我们恍如置身一座小岛。我们都没有生理上的恐惧。怕什么呢？但我们心中却有一份宽广、平静、寒冷的忧郁，还有一份紧张——像在等待医生的诊断。那些年轻稚嫩的孩子，被撕成碎片。但问题在于人们已经麻木到无法思考。老克莱夫坐在露台上，说："我不想活着经历整场战争。"继而解释说他的生命力正在衰退。最好的东西都体验过了。其实我们私底下都过得不错。每一天都充满幸福。烹饪，读书，打保龄球，不亦乐乎。没有爱国的豪情壮志。问题在于该怎么坚持下去、熬过战争。是的，这个夏日的傍晚美好而宁静，没有一点声响。一只燕子闯入客厅。

8月30日，星期三

战争尚未到来。和谈仍在继续。L今天上午比我还要悲观。他相信希特勒已经决定发动闪击。昨晚，德国再次传来愤怒的咆哮。

人们又听到去年那个疯狂的声音,他听上去像在抽打自己。现在我得听一点钟的广播。

面色红润、穿卡其色军装的少年守卫着罗德梅尔山。士兵们驻扎在村里。除此之外,一切风平浪静,一如往常……

9月1日,星期五

战争在今天上午进一步向我们逼近。希特勒占领了格但斯克[1],袭击了——或者说正在袭击——波兰。在这之前,我在伦敦度过了疑虑与希望交织的一天。现在,我在下午一点回来收听广播,很可能会听到宣战的消息。今天沉闷而炎热。我不知道写这些有什么意义,也说不出自己有什么感受,或是应该有什么感受。一切都在我们头顶盘旋。

9月3日,星期天

我想这应该就是最后几小时的和平了。上午十一点就是最后的期限。首相要在十一点一刻做广播演讲。L和我提前十分钟就开始"待命"了。我们起了争执。即使我国战胜——又能怎样? L说

1　波兰北部城市。

还是战胜更好。我想在华沙，炸弹大概正落进这样的房间。孩子们都还没来。梅纳德给昆廷找了一份开拖拉机的工作。这让人松了口气。谁也不知道我们将如何应战。小道消息开始流传。昨天，许多人一窝蜂地拥入刘易斯街抢购物资。店铺几乎被一抢而空。人们争相抢购能遮挡窗户的东西。年幼的女孩居然说要是这儿有中国佬，我们肯定会被他们秘密监视。花了两小时缝制遮光窗帘。索然无味的工作：有事可做固然很好，但这活计实在是不温不火、枯燥乏味。我太累了，情绪上过度疲劳，一页书都读不进去。

现在大概是十点三十三分。我当然还得工作以糊口。这给我带来了安慰。为美国写写文章。维持出版社运转。现在巡逻十分频繁。糖实行配给供应。好了，我该进去了。

9月6日，星期三

今早八点半，我们第一次听见了防空警报。我还躺在床上时，一声渐强的啸鸣传来。我于是穿上衣服，跟L一起走上露台。天空一片澄明。所有农舍都关门闭户。我们吃了早餐。警报解除。

一切都变得毫无意义。报纸几乎不值一读。新闻都是前一天英国广播公司播报过的。空洞。滞后。这些内容我都能写。我打算强迫自己思考《罗杰》。可是天哪，这真是我一生中最糟糕的经历。不停被打断。我们弄好了窗帘。把煤炭等物资送到了八名来自巴特西区的妇孺手中。那些准妈妈全都在争吵。其中一些人昨天回去了。是的,这世界已变得空洞而毫无意义。我懦弱吗?从身体上讲,我的确如此。明天的伦敦之行想必会把我吓坏。战争已经无情地开始。我只感觉杀戮机器就要不可避免地启动。目前"雅典娜号"[1]已被击沉。这一切都给人一种毫无意义的感觉——这场草率的屠杀,仿佛一手举着啤酒,一手握着榔头。不能去电影院和剧院。没有朋友们的信件和电话。是的,我能想到的最近似的比喻,大概就是一次漫长的航行,陌生人在船上彼此攀谈,有种种微不足道的烦恼与琐事要去操心。所有的创造力当然都被斩断。我要第一百次重申——再怎么为战争心痛,都不如写作的构想来得真实。不如做真正擅长的事。而我唯一能贡献的——这表达思想的细小噼啪声,就是我对自由事业微不足道的贡献。

9月11日,星期一

星期四去了伦敦。艳阳高照。伦敦仿佛蒙上了一层带斑点的轻纱——斑点是气球。街道空空荡荡。静谧中透出奇怪的紧张感。在出版社,我竖起耳朵等待警报响起。箱子都空着,不过都被摞在一起。玛贝尔和我一起铺了地毯。跟约翰[·莱曼]吃了三明治。斯蒂芬[·斯彭德]来了。他粗大的关节似乎噼啪作响。眼睛瞪得大

---

[1] 1939年9月3日,英国邮船"雅典娜号"在北海赫布里底群岛被纳粹德国潜艇发射的鱼雷击沉,造成112人死亡。

大的。他说他洋洋洒洒地写了许多自己的事。无法静下心来写诗。日落后的伦敦宛如一座中世纪的城市,黑暗笼罩,强盗横行。他们说,黑暗是最糟糕的部分。没有人的神经能经受这种考验。所以我很庆幸能走在回家的路上。波兰正在陷落,接下来,就会有人来对付我们。

9月23日,星期六

此时此刻,波兰正在被吞噬。苏联和纳粹德国瓜分了它。一艘航空母舰被击沉。但没有空袭。而我——一时冲动,答应帮《新政治家》杂志撰文,为爱国贡献脑力——写了两篇文章,每天上午都忙到极点。还有人登门造访……哎,多么浪费时间,多么令人心烦——整个周末都跟尼科尔斯太太、珀金斯小姐、伍德沃德小姐[霍加斯出版社员工]待在一起,不得喘息——心不在焉,日子过得浮于表面。现在,斯蒂芬唯独盯上了我们;我们肯定会嘴皮发疼,头脑发昏。而星期一还得接待约翰。

文明萎缩。礼貌凋零。今天没有巡逻,于是我们又回到了1915年在阿什汉姆骑自行车的光景。L和我把我们的收入又算了一遍。我们得挣多少钱才够呢?我们又做回了记者。我开始吝惜纸张、糖和黄油,还买来小把小把的火柴。那棵倾覆的榆树被砍断。这些将是我们两个冬天的储备。他们说战争会持续三年。金斯利向我们紧急求助。他晚上来了。有什么不能在电话里说?其实也没什么。他应该站出来呼吁和平吗？张伯伦已经得知和平条件。知情者都说我们处于劣势。但他的文章里却没出现任何有分量的内容。

我忘了还有谁来过。内莎给 L 画了像。我打了很多局保龄球。没有读书。

9 月 24 日，星期天

斯蒂芬在日记本上涂涂写写——不对，是在客厅里读普鲁斯特。从昨晚到现在，我一直滔滔不绝，尽管斯蒂芬犯了腹绞痛。我的思维混乱脱节——模糊，混乱，发散。一切都散乱无形。极其敏感、紧张，耳朵很灵，步子很大。漫步露台，深聊，浅谈，从一个话题跳到另一个话题——从鸡奸聊到女人，再到写作和匿名，以及——我忘了还有什么。最后我终于说我该去写作了，他也得去写作。于是我给他点了煮土豆当午餐；出来坐在这个半隐蔽的僻静处。

报上的最新消息栏宣布了弗洛伊德的死讯。唯有这些小事能打断战争单调的轰鸣。

9 月 25 日，星期一

这周末累得要命，弄得我很暴躁，情绪低落。《罗杰》仿佛无可救药。正像邓肯昨天说的，写不出东西的话，不如自杀算了。这份绝望压倒了我——我醒得很早。应酬烦扰着我们,折磨着我们。

10月6日,星期五

尽管很难集中精神,但我还是把《罗杰》又完整地誊了一遍。它当然还需要很多改动、删减和润色,这自不必说。我真的能完成它吗?令人分心的事层出不穷。何况还有战争:或者不如说是战争迟迟没来。什么都没有发生。一切都陷入停滞。我们每晚能得到几条零星的消息,或是听到某个关于潜艇冒险的儿童故事。据说希特勒今天就要提出和平条件。整个伦敦都翘首以待,同时瑟瑟发抖。然后就是让人心烦意乱的天气:冰雹,狂风,大晴天。内莎在给L画像。我在打扫自己的房间,想让自己平静下来。

10月7日,星期六

奇怪的是,战争头几天那种彻底荒废的状态被构思与写作的压力所取代,在这种压力下,我感觉我脑中持续的悸动与眩晕令人前所未有地疲惫。这在某种程度上是因为我重新开始写新闻报道了。我很确信这是个明智之举,因为它加快了工作的节奏,迫使我做事更有条理。我干脆利落地把《罗杰》中松散的章节改得紧凑,因为我知道自己很快就得停下来写一篇新闻稿。新的想法不断涌现,令我难以招架。为什么不试着给《泰晤士报》写点什么呢？话音刚落，我就文思泉涌。我必须按住自己，守住《罗杰》这座堡垒——因为我必须赶在圣诞节前把书稿从头到尾用打字机誊好，交给内莎。

据说我们有两周时间考虑希特勒提出的和平条件。拒绝就意味着枪声。所以，我们在伦敦还剩最后一周安生日子。但我并不是很想离开。

10月22日，星期天

我们在伦敦待了一个星期。在温布尔登，一张海报写道："战争爆发……希特勒宣称战争已经打响。"所以我在开往梅克伦堡广场的路上说："在战争第一天就去伦敦，真够傻的。"仿佛我们正眼睁睁驶入一个陷阱。至于公寓，哎，真是一片狼藉——狭小至极，拥挤不堪。哨音响起。黑暗如地狱般浓重。人仿佛与世隔绝。广播也中断了。我们坐在那里。不断有人匆匆来去。我们跟韦伯夫妇吃了午饭。那位老太太，头饰上缀着白色的圆点，那份活力就像秋日篝火上的一片枯叶：熊熊燃烧，骨瘦如柴。我烦躁且心不在焉，无法舒展感官，吸纳印象。

在伦敦，你绝对避不开战争。所有人都想着同一件事。都一心想完成当天的工作。各种磕绊、困难把人拖住。公共汽车很少。地铁关闭。没有嬉戏的孩童。没有闲逛的路人。人人都背着一副防毒面具。气氛紧张而不祥。夜色是如此幽暗而阴沉，让人不禁希望能有一只獾或狐狸沿着人行道潜行。原本属于乡村的空旷与宁静，降临这座林立着黑色房屋的森林，与中世纪形成反差。一束光明明灭灭。照出一位老绅士的身影。他不见了。那道红光可能来自出租车，也可能来自路灯。人们摸索着前往彼此的藏身处。我们每天在自己的藏身处聊差不多六个小时。巨大的履带车把广场翻得乱七八糟。我们逐渐习惯了被围困，这种感觉取代了恐惧——那种属于个人的恐惧。生活中极度的不便，以及随时都得清空抽屉、挪动家具的状态，考验着人的耐心。厨房十分局促。一切都太大了。楼梯损坏，也没铺地毯。雇员们像鹦鹉一样尖叫。大雨倾盆——是那种丰沛而奔放的中世纪豪雨。什么也没做——一直在恼人而无用地分心。于是我们来到这里。世界摆脱了黑暗的污秽，升入这片浑然天成的非凡静谧。今天我独自一人，好几天都是如此。这一周怪异而病态，带来许多不愉快的感受。

10月25日，星期三

"今天，战争爆发了。"里宾特洛甫[1]昨晚宣布，或者更像是咆哮道。迄今为止，战事都只是零零星星，也并不积极。所以我对此又能说些什么呢？我们这里的战事逐渐平息。昨天我骑车去了刘易

---

[1] 约阿希姆·冯·里宾特洛甫（Joachim von Ribbentrop，1893—1946），"二战"时，曾任纳粹德国外交部部长。德国投降后被英军拘捕。1946年在纽伦堡国际军事法庭被判处绞刑。

斯。内莎来了，这会儿正在给 L 画像。一个多风而晴朗的秋日。我专心重写最后一章，感觉自己像一只拧紧的台钳。放下它，写点其他东西的诱惑让我烦躁。我这个记者十分抢手（尽管对《泰晤士报文学增刊》来说并非如此）。我读了点《小杜丽》放松心情，想继续推进我的自传。我以前从未如此关注过自己的那些事情。

11 月 1 日，星期三

我突然意识到摩根的日记说不定写得很棒。我想请摩根来做客。现在我们一般请客人来度周末，而不是只吃晚饭。这种升级的招待相当累人。但我们正安定下来，稳步融入乡村生活，而且它有不少优点。那份广阔，那份专注，那份自由。每次散步都是一次色彩的洗礼：绿色渐渐凋零，冬日的色彩正在浮现。社交生活也比较宽松。汤姆来度周末。下周要接待不请自来的埃迪·萨克维尔。伦敦和 37 号消失在远方。只传来模糊的声响。战争方面没什么新闻。

11 月 9 日，星期四

啊，是的，汤姆在这儿度了周末：他变得圆融了，不再像从前那么一板一眼。他告诉我，随着年龄的增长，他教书越发得心应手。我想大概是因为圣灵保佑吧，毕竟他每个星期天早晨八点都要去赞美圣灵。昨晚我们听了那番疯言疯语——希特勒在啤酒馆扯着嗓子大叫大嚷,歇斯底里,又哭又骂。今天听人说,那里在他走后发生了爆炸。这是真的吗?真相已不得而知,所有的喇叭都在播送相互矛盾的消息。

11月27日,星期一

上次日记之后,我们去了伦敦,办了一场聚会,有阿德里安、卡琳和罗丝·麦考利;见了科尔法克斯;最后回到这里。此刻窗外风雨交加。沉了好几艘船。船上的人乘小艇逃生。磁性水雷被激活。张伯伦讲话的样子像个穿军装的店铺巡视员。

11月29日,星期三

愉快地请约翰〔·莱曼〕来吃晚饭并留宿,他在密切的看管下发展得很好。我们在厨房用餐,等等。一切也还算不错:在战争的笼罩下泛起微波。新的想法层出不穷。关于布鲁姆斯伯里读书俱乐部……关于"我们的"新杂志。是的,年轻人已经带头行动起来了。聊了很长时间的八卦……聊到他在伊顿公学尿床,还有这件事灾难性的后果。压抑与同性恋倾向:我想这就是约翰富有魅力的原因。喝过红酒之后,约翰变得喋喋不休。

11月30日，星期四

十分疲倦，十分劳累，情绪低落，心情烦躁，于是擅自中断工作，来这里发泄情绪。《罗杰》是一部失败之作——而且写得无比艰难……我再也不想有这种经历了。我的脑力已经耗尽。我必须抑制把这本书撕碎、划掉的冲动——必须让脑中充满阳光与空气，必须出去散步，把头脑包裹在雾气之中。橡胶靴很有用——能让我跌跌撞撞地穿过沼泽。

12月2日，星期六

立刻给自己放一天假能驱散劳累和沮丧。我走进房间，缝补我的靠垫。到了傍晚，我的头疼缓解了。文思再次涌现。这个迹象值得警惕，总预示着晚上会失眠。昨晚开始读弗洛伊德，扩大阅读范围，拓宽自己的思维，对抗年岁渐长造成的萎缩。要永远敢于尝试新鲜事物。

那天，我穿着橡胶靴散步，看见一只翠鸟和一只鸬鹚。战斗机频频出没。苏联进攻芬兰。英格兰风平浪静。理性沦丧殆尽。处处都是暴行。我就像躲在一座临时掩体背后，看外面风暴肆虐。我们等待着。

12月8日，星期五

在伦敦待了两天：根本无法专注，导致我精神涣散。去逛街——忍不住要买针织衫。我不喜欢这么亢奋，却又享受这种状态。这大概就是弗洛伊德所说的矛盾情绪吧。之后见了埃塞尔［·史密斯］和［威廉·］吉利斯。我受不了埃塞尔的假发——五个凌乱的发卷衬得她既幼稚又可笑。她已经大不如前。如今她独自困于暮年，十分孤独——自言自语，谈的也是自己。看着这个老婴儿嗫着它的珊瑚，说着恭维话，讲述她怀才不遇的陈年往事，我觉得这十分可悲，还莫名地感到一丝丑陋和耻辱。多可怕呀，退化成这样一个庸才——在八十四岁的年纪。我感觉我对她主要是怜悯，她整个人衣衫不整，不修边幅——就像李尔王，只是没有悲剧，也没有诗意。昔日的魅力荡然无存。

12月9日，星期六

现在是星期六早晨，外面看上去晴朗无风，不再是昨天恶劣的旋风天气。我们带路易去刘易斯拔牙。第一次在灯火管制中开车，就跟在雾中开车一样，看不见人。所有的汽车都瞪着红红的小眼睛。道路的边缘模糊不清。但我照旧想着许多心事。想法不断涌现，但每当我想把它们记在这里，它们就烟消云散了。弗洛伊德令人苦恼——把人简化成旋涡。而且我敢说他真心这样相信。如果说我们只不过是本能、潜意识而已，那么文明、作为整体的人、自由这些又算什么呢？不过他对上帝的抨击是可取的。

12月16日，星期六

这个房间实在乱得可怕，我足足花了五分钟才找到我的笔。《罗杰》还散落在那里。星期一我必须抄完五十页，确切说应该是一百页。总是写不好关于婚姻的那一章。但我对小说确实从没这么上心过。我在重写《岁月》时得到了一个永远不会忘记的教训。

《地平线》出版了，琐碎，乏味，无足轻重。书我还没读，不过我是这样想的。现在——啊，我必须得收拾房间吗？伦敦等已经近在眼前。我还答应去布赖顿给工人教育协会做讲座。

12月17日，星期天

我不知道这些日记有什么意义。只不过我已经养成习惯，不写不快，而且有些内容我今后或许会感兴趣。但会是哪些内容呢？我写得从来都不深入，过于浮泛。是啊，就剩十分钟了——我还能写些什么呢！没什么需要思考的东西，而这很让人恼火，因为我常常思考。那些念头恰好是可以记在这里的。

Saturday
December 16th

啊,"施佩伯爵海军上将号"巡洋舰[1]今天就要驶离蒙得维的亚,驶入死神之口。记者和富人雇来飞机,想从空中一睹盛况。这似乎将战争带入了一个新的维度,也带进了我们的心。没时间展开阐述。总之,全世界(英国广播公司)的眼光都在盯着这场较量。今晚会有人死去,或是痛苦不堪。而在这个严寒的冬夜,当我们坐在原木凳子上时,这出好戏将会在我们面前上演。

---

1 纳粹德国海军的一艘德意志级装甲舰。

1940年
罗德梅尔，蒙克屋
MONKS HOUSE, RODMELL

1月3日，星期三

这张大纸开启了新的一年、新的作息。我要在暮色中借着火光写作，而不是赶在中午前匆匆涂写几句。希望这能让我把字写得清楚一点，下笔更稳一点。因为除非我能对它稍加重视，否则它不会让人有兴趣翻开，哪怕对一个老妇人而言也是如此。

我们出了门，想找个地方溜冰。严寒霜冻的天气已经持续了好一阵子——有天夜里降到了几度来着？我忘记了——估计有零下二十二度。昨天艳阳高照，意大利式的晴朗；白茫茫的积雪凝结变硬；街道光滑得像玻璃一样。屠夫说他受够了这一切，我很能理解，毕竟他每天早上六点就得去店里切肉。

我心情压抑，层出不穷的想法让我分心。每只小杜鹃都推搡着原本就在巢中的那只鸟——《罗杰》，想把它挤出巢穴。何况还有L。

1月6日,星期六

后人会对我们的哪位朋友最感兴趣呢?梅纳德吗?这么说来,我但凡对未来还有一点敬意,就应该用接下来这一小时记录他说过的话。那天晚上,他舒展地躺在沙发上,眼睛像两盏明亮的雾灯,莉迪娅也在,戴着毛皮帽子,像童话里的精灵。如今他功成名就,登上了他那病态的宝座,俨然是一位成功人士——以农夫、账房先生、商人自居,眼下他正在申请汽油。一个留着一撮浓密小胡子的魁梧男人。一位道德家。对欧洲和身上有一块赖皮的黑狗帕齐抱有同样的热情。他给我们讲了一些——不知为什么我很难记起他讲了什么——关于盐、水、冷、热,以及这些因素对尿液有何影响之类的事。还谈到罗杰。"我能用'勃起'这个词吗?"我问莉迪娅。"什么?"梅纳德问。莉迪娅说:"就是'僵硬'(他俩私底下的说法)。""不能。我不希望你用这个字眼。这类披露应该顺应时代,而属于它的时代尚未到来。"他究竟是对的还是单纯在当众说教?那个星期三〔12月27日〕,我们不得不去赴约,因为他们已经做了如此妥当、如此盛情的安排,不去的话就——结果莉迪娅在电话里说"梅纳德说今天不方便"。我们顿时不知该说什么才好。

昨天,我在皮丁霍的小山上被格温先生逮了个正着。他是个体面人:瘦削,爱运动,干瘪,小小的眼睛像潮湿的卵石;一个严肃的男人。我笑了笑,当时我正钻过带刺铁丝网,头上戴着我的羊毛盖耳帽。"您从哪儿来?""就是来散个步。""这是私人领地。""但愿我没打扰您锻炼。""没有的事。您继续……"他会回去问他的

| 171

妻子，罗德梅尔那个怪模怪样的女人是谁。伍尔夫夫人吧，她会猜测。然后他会说……路易猜他会说，他今后再也不支持工党了。他为他山坡上的木材跟人起了争执。他决不允许村民们来偷这些木材。

1月19日，星期五

在下午茶之后写日记，这个安排好像并不适合这本大笔记本。不过我们在萨塞克斯的社交生活十分繁忙。我们参加了安杰莉卡二十一岁的生日聚会和之后的活动；然后去了伦敦，今天下午刚刚回来，发现水管全冻住了。我越来越适应伦敦。国家美术馆的音乐会，与休［·沃波尔］和威廉·普洛默吃晚饭，跟西比尔［·科尔法克斯］用茶点——全都圆满完成。昨晚去看了《不可儿戏》，一部单薄的戏剧，不过艺术性很强——我是指它能自圆其说。休就像冬日里的太阳——边缘模模糊糊。他在身上别了一朵红花。威廉穿一件浅黄色的背心，但显得尖锐而失落——因为生活不顺，因为心怀苦闷。我还感觉他有些挫败和紧张，为生活，也为战争。我们谈到了——只要我受得了那些麻烦的引号——《地平线》；也谈到了亨伯特·沃尔夫，他死于过度劳累。随后，休给我们讲了［约瑟夫·］康拉德夫妇的逸事，讲得声情并茂。接着我们谈到日记，谈到狄更斯，谈到维多利亚时代的道貌岸然，比如萨克雷在加里克剧院对面召妓，还有狄更斯和他的情妇。(说得就像他们是我们熟识的老友似的——在休的观念中，他们的确是，但威廉和我并不这么想。）随后我们又聊到特罗洛普和他对威尔斯的诋毁。他说威尔斯是个耍笔杆子的家伙，还将其跟康拉德对比。在这个严寒的夜晚，他们一直待到十二点半，然后踏入月色，忘了关门。

1月20日，星期六

我在炉火边抽烟，感觉我们犯了一回傻——因为37号的租金是如此昂贵。L去溜冰了。我沿堤岸散步，从沼泽回来。景色美得缥缈、虚幻而空灵。没有一点声音，仿佛属于另一个世界。看不到一只鸟，也没有手推车，有人在打猎。这样的景象与战争格格不入。这无情而绝对的美。柳条红得像宝石而非铁锈，枝条丝丝缕缕，柔韧绵绵；所有的屋顶都染着一层金红；山丘是白茫茫的一片。但我却觉察到某种虚空，在我里面——在我的生活之中，因为L说房租实在太贵。而这静谧，这纯粹而无形的静谧，仿佛正契合了我自己的虚空。我在静谧中前行，太阳映在我眼中。几个男人在等待野鸭——最敏捷的鸟类。它们降落时就像特快列车。我们坐在堤岸上，沐浴着阳光。一切都显得那么辽远，那么显眼——纤细的烟柱，野鸭，还有静静立着的马群。今天我想法很少，只是还有两件事钳制着我。于是我回家烤面饼、改文章。

查尔斯顿发生了火灾。我们星期三晚上听到了消防车的呼啸。没收到信。一个孩子在学校里哭泣。我能做些什么吗？

Saturday 20 January

1月26日，星期五

瞬间的绝望——我是说那种寒冷彻骨的挂虑，如同一只困在玻璃匣里的彩色苍蝇——又一如既往地被狂喜取代。这是因为我扔掉了那两只死掉的鸽子——我的短篇和我的《闲话阿伯茨福德》(今天付印)？总之我文思泉涌。有天晚上，我开始读朱利安写的东西，完全沉浸其中，沉湎其中。我的思绪随之飘远，徜徉在那片渺无人烟的高地。今后记住：要用短暂的逃离缓解压力，就是给自己凿个出口。做件琐事即可。

我想写什么来着？冰雪开始消融，风雨随之而来，沼泽变得湿软，散落着零星的积雪。两只幼小的羔羊迎着东风，走得踉踉跄跄。一只年老的母羊被人用手推车推走。为了避开那骇人的场面，我爬上陡坡一侧的林地，从那边回来。

1月30日，星期二

没法去伦敦，因为我们遭遇了最严重的一场霜冻。严寒突然回潮。一切都仿佛罩上了一层玻璃。每片叶子都结了冰，边缘晶莹剔透。走路就像涉过麦茬。门框和铁门亮晶晶的，像涂了一层冰做的绿漆。墨水冻住了。星期天，交通完全瘫痪。星期一，电灯灭了。我用餐厅的炉灶做了早餐。在十二点半上楼。今天哪儿都别想去了。火车要么晚点，要么取消。公共汽车也停止了服务。我步行往返了一趟刘易斯。遇上了铲雪，见到两三辆汽车；路上没有行人。刘易斯空无一人。抄近路回来，路上极其难走。看见一大群野鹅。草叶纤弱，树枝都裹着透明的棕色冰壳，好像变成了水晶。广播不时插播船只在北海沉没的消息。我们快没肉了，不过商店最后还是送来了。今晚非常宁静。雪还会下吗？我们要等明天下午才能拿到报纸。

1月31日，星期三

冰雪在消融。大片积雪从屋顶滑落，厚得像床垫。我们去沼泽散步，看见一只被啃了一半的野兔。积雪上散落着点点血迹。风实在太大，而且我从冰冻的草丛进入雪地时走得实在艰难，所以只好中途取消散步，回去把我那篇《科雷利》用打字机打出来，它能卖十个基尼。薇塔有篇两万五千字的小说卖了一千八百五十英镑。我挺起我正直的脊梁。给我再多的钱，我也不会去写两万五千字。我喜欢短小精悍的文章。又在这里住了两周，活动只有参加村子里的会议和读书；但这些却意外地"真实"。

2月2日，星期五

积雪尚未化尽，表面出现了小小的凹痕，不过路上的积雪已被完全铲除。我忘了摘录报纸，那些内容发出嗡嗡的低鸣，空洞地应和着英国广播公司的新闻。希特勒的演讲。丘吉尔的演讲。一艘船沉没了，无人幸存。一艘筏子倾覆了，有人划了很长时间的桨，可能有十小时、十二小时或三十小时。现在我们真沉得住气啊，不像之前，完全无法接受任何死亡。但灯火管制远比战争本身更致命。物价涨了两便士，又涨了三便士。螺丝在一点点地拧紧。我甚至想象不出和平时期的伦敦是什么样子——夜间灯火通明，公共汽车呼啸着驶过塔维斯托克广场，电话铃不停地响，我艰难地抓紧每一个能独处的下午和晚上。我只能在炉火边遐想，构思要写的东西：离开伦敦去乡下小住，比任何一种迁居都来得充实。我频繁地思考自己爱伦敦什么，这真是奇怪：我爱步行前往伦敦塔，那就是我的英格兰；我的意思是，假如一枚炸弹摧毁了其中一条小巷，摧毁了带黄铜束带的窗帘、河流的气息和那位正在看书的老妇人，那我的感觉就会——嗯，就会跟那些爱国者一样。

2月7日，星期三

（今天是妈妈的生日，也是内莎的结婚纪念日。）啊，我产生了一个深刻的想法，但话到嘴边却怎么也说不出来。大意就是，鉴于我最近并不活跃，住在这潮湿的乡下，远离尘嚣，那我正好可以思考艺术、生活与信念以及对自身独特之处的信仰是否依然奏效。要是它们没能像旗杆一样屹立不倒，那我就是个彻底的"失败者"（选择这个词，是为了呼应那场新的运动[1]）。晚上约翰来了，给我们带来许多新消息。他人很好——特别热情，有点"孩子气"，用那些老妇人的话说。加德纳一家来喝下午茶。那位老少校皮肤上布满纤细的红色血管，眼睛湛蓝，会像猫一样发出呼呼的响声。他非常客气，滔滔不绝。两名子女［黛安娜和保罗］圆睁着眼睛，呆呆地坐在那里，多半担心被父亲数落。约翰明显觉得很无聊，但依然表现得彬彬有礼。他掏出他写的东西，说了自己的打算。《新文学》杂志耀眼的未来之星，年轻人中的希望。抢先敲响牛铃显然是他的长项。哎，男孩子们干的那些事儿啊。罪恶的鸡奸。

2月8日，星期四

　　［丽塔·］欣登夫人——不，是医生，她并不是"夫人"，尽管看上去实在很像——刚刚离开。她回伦敦了，回到她在汉普斯特德花园近郊的家，那栋有休息厅、摆放着瑞典现代风格家具的房子。午餐一直吃到下午两点半。饭后，她、我和L移步书房，聊费边社发表的一篇关于南非的论文。然后我穿上橡胶靴和大衣走进沼泽——沼泽遮蔽了我们尚未来临的春天，噢，遮得严严实实，用它肆虐的寒风。写到这里，我停下来抒发一个常有的感慨。不知我

---

[1] 此处应指"二战"期间英国文学界出现的"新启示"运动（The New Apocalypse Movement）。——编者注

们今年会怎样步入春天：我想花朵大概会点头致意，用红黄的颜色点染花园。与此同时，炸弹会从天而降——啊，这奇特的悬念，在1940年春天到来之前。我回到家，不得不为那位客人准备茶点。用茶点时，她变得十分平庸，因浅陋而透出一股酸溜溜的粗鄙，酸得像钢刀上的柠檬，一个浅薄而生硬的犹太女人，而这些我在午餐时都没看出来。面对内莎的地毯、邓肯的餐桌，她只能想到自己在汉普斯特德的休息厅。这让我开始幻想未来：幻想它会是怎样一番景象，在这些活跃而雄心勃勃、终归能力尚可、想必还算能干的费边主义者的治理与领导下——哎，这些人，他们中的任何一个，为什么不能全身心地喜欢点什么呢？可是该让他们喜欢什么呢？诗歌吧，我想，迷人而动听的诗歌。他们为什么总在强调生活的阴暗面，而且精力还如此旺盛？

2月9日，星期五

不知为什么，希望好像又回来了。星期一，我把关于伦敦的三个子章节[1]通改了一遍。虽说我重读时一定会难受得发抖，给内莎和马格丽［·弗莱］过目的时候自然更不用说，但我还是不禁感到我的捕虫网——哎，它多难用啊——差不多已经捕获了这个多彩的

---

1 原文是"the three d—d chapters for London"，根据《罗杰·弗莱传》一书的内容译为"子章节"，因为本书第三章的确用三个小节反映了罗杰在伦敦的生活。

男人。我敢说，书中的每一页——当然也包括最后一页——文字，我都改过十到十五遍。但我并不是单纯地删除，而是在精简。所以到了傍晚，我容光焕发。不过凛冽的寒风像镰刀一样锋利。餐厅的地板长了霉菌。一阵狂风吹来，刮得什么东西砰砰作响，谢天谢地我不是漂浮在北海之上，或是即将起飞去轰炸黑尔戈兰岛[1]。现在，我准备读点弗洛伊德。

2月16日，星期五

我的日记应该分成"伦敦篇"和"乡村篇"。我刚从"伦敦篇"回来。天气寒冷刺骨。我只好缩短了散步时间，其实我本想去那些热闹的街道走走。随后，黑暗令我心情沮丧——没有一扇窗户亮着灯。那里真安静啊——伦敦静得出奇，像一头巨大的公牛静卧在地。我们办了一场晚餐会：汤姆和萨克森［·悉尼－特纳］来了；克莱夫晚到了一点。汤姆的面容像一张灿烂的黄铜面具，松松地挂在一副铁架之上。一张拘谨、紧绷、低垂的脸——仿佛挂在由重重心事搭成的脚手架上。一张严肃的脸。偶尔会短暂地露出如释重负的神情，在别人打断他的时候。我们谈了些什么？一些关于文明的话题。男士们都不赞同我的观点。他们说这场战争也许意味着野蛮

---

[1] 黑尔戈兰岛是位于北海东部的小型群岛，隶属德国。1939年12月，黑尔戈兰岛成为"二战"中盟军轰炸的第一块德国领土。

将逐渐排挤文化，可能性很大。汤姆和萨克森认为希腊人拥有更高形式的文明。他们的奴隶比我们的自由。克莱夫也不乐观——认为文明的火光会逐渐熄灭。于是我抛出一些相当大胆的理论。萨克森引用了一些学术研究。我们一直聊到将近十二点钟。之后我强烈的购物瘾又上来了，于是买下两套衣服，又在刘易斯商店一个精明和善的女人劝说下买了一件蓝色条纹大衣。"可是我觉得你应该拥有它——我不希望你仅仅因为住在乡下就穿得随随便便。你必须考虑别人。"仿佛她完全摸透了我私底下的样子——怪模怪样。她似乎真这么想。当然，我看上去的确寒酸、土气又衰老。现在，来谈谈《榆树下的欲望》[1]：令人失望；平铺直叙；剧情原始，几乎毫无对白；像一副脚手架。比阿特丽克斯·莱曼[2]也让人兴味索然，剧中的街道有如幽暗的隧道。

2月19日，星期一

星期六下了雪：花园里堆积着厚厚的白色"糖霜"，雪花在夜里飘进我的房间；门上的铰链冻住了。现在冰雪开始融化，L拿出他的气压计，给我讲解。我去"凄苦之山"散步。积雪依然厚实，但车辙里淌起了涓涓细流。噢，还有我的大衣，蓝色条纹那件，它

---

1 美国剧作家尤金·奥尼尔1924年创作的戏剧。
2 比阿特丽克斯·莱曼（Beatrix Lehmann，1903—1979），英国女演员、戏剧导演和作家。

到货了，也不是很招摇：总之我非常满意。

3月7日，星期四

因流感卧病两周——嗯，到星期六就满两周了。今天第一次下床。翻开这本日记，代表着我积重难返——那个表示写作狂热的词是什么来着？我的脑袋像一团白色的水蒸气；腿像折断的蜡烛。不再抱任何希望。啊，是春天来了，就在我卧病期间——鸟儿鸣啭啁啾；珀西给苹果树喷水；蓝色的番红花和雪钟花开放。

3月20日，星期三

是的，我们又经历了一次空袭——其实是两次。他们管这叫"复发"，像在谈轻微的支气管炎。是的。有人读了那本书[《罗杰·弗莱传》]。一个星期天，L十分严厉地批评了前半部分。我们去草甸上散步。我感觉像被坚硬的鸟喙狠狠地啄食。像往常一样，他越啄越深，最后几乎有些气愤了，因为我采取了他认为"错误的手法"。他主要想说我不能这样处理一个人的一生，而应该从作者的角度出发，除非传主本人也是旁观者——罗杰并非如此。这是个罕见的例子，展现出L最理性、最不近人情的一面——相当威严，同时又如此坚决，如此断然。这让我感觉被说服了：相信自己彻底失败。只有一点令我觉得奇怪,就是他自己也误入歧途,认定我这样写一定有深层的原因——对罗杰不满?不关注人物性格?天知道。之后内莎来了,并不赞同他的说法;马格丽在信中说这本书"非常生动有趣"。内莎也在留言中说,"我太感动了,不知该怎么感谢你"。内莎和邓肯过来用下午茶,让我不要做任何修改。我收到了马格丽的最后一封信:"这就是他……无限钦佩。"好了,就是这样。我打算重写某些段落,躺在床上都打着腹稿。但怎么才能在这个春天完成?我打算明天再思考这个问题。不过我还是大大松了口气。天哪,终于写完了,自由了。天哪,我帮内莎找回了她的罗杰,自从朱利安去世后,她就把罗杰淡忘了。

3月24日,星期天(复活节)

进入了一种罕见的生活状态,有大把的时间,相当闲适,隐逸而满足。依然睡在L的房间里。起床后不紧不慢地洗澡、穿衣,然后静静坐在起居室,按照马格丽的意见改稿。几乎没什么忧虑,尽管我时间紧张。我不禁感觉这一切十分有趣,虽然L也在。这生活像蛋壳一样脆弱——我走路都得小心翼翼,生怕体温升高。它现在是99.4华氏度[1],又有点高了。我的腿颤颤巍巍,里面好像有一只春天的羔羊。望着那一簇簇繁茂的金色番红花,还有含苞待放的水

---

[1] 约为37.4摄氏度。

仙,听着那些阿什汉姆乌鸦在黏稠的空气中沙哑地歌唱,我感觉神清气爽、活力充沛。乌鸦们开始搬运小树枝。与此同时,猎枪正对准它们,上好了膛,但没人敢扣动扳机。在这个傍晚,没有任何声音能让人想起人类的眼泪。我记起战争爆发前夜那场突降的豪雨,让我想到哭泣的男男女女。

3月26日,星期二

下午收到休〔·沃波尔〕寄来的一封奇怪的信:"在写作方面,你跟我完全是两个极端。你是意识之美最卓越的典范——在英国虚构文学界史无先例。但你的作品绝对不是小说。你所写的东西需要一个新的名字。我才是真正的小说家——不入流,但正宗。"

老博滕昨天在韦斯特太太的看护下去世了,她是村里的入殓师兼守夜人。一个孱弱的老人。老村民中的最后一个,说话带好听的萨塞克斯口音,总是冒出"膀子"(意思是"肩膀")之类的词。他诡诈、狡猾、贪婪,却也不乏诗意。也很烦人。他来送奶也能坐下闲聊,所以我们见他就躲。

3月29日,星期五

我该想些什么轻松又提神的东西呢?我现在的心情就像在夜晚

推开窗户,仰望满天的繁星。只不过现在是中午十二点一刻,天色晦暗阴沉,战斗机频频出没,博滕将在下午三点下葬。好,我重新问:我该想些什么呢?河流吧,比如伦敦桥下的泰晤士河。买一本笔记本,再沿着河岸街漫步,贪婪地观察每一张面孔。我们星期一就要去伦敦了。回来之后我要四处闲逛……啊,对了,我们还要去沿海地区巡回售书;去某家店铺喝下午茶;看看古玩。那里会有一座可爱的农舍或一条新修的小路,还会有盛开的花朵。我会跟 L 打保龄球。然后就是 5 月了,会有芦笋和蝴蝶。我说不定会小小地打理一下花园,啊,还要印刷,以及改变我卧室的布置。我要达到一种感官敏锐——而不是头脑活跃——的平静状态。其实我们很久没在乡下度过春天了,从我在阿什汉姆病倒那年——1914 年——开始,虽说当时我濒临崩溃,不过那段经历自有其神圣之处。我应该还会再构思一部散文诗集,时不时再做个蛋糕。好了,好了,不再为明日争论、为昨日悔恨,因为上帝做证,我已经为人类尽了我应尽的义务,用笔和话语。

4 月 13 日,星期六

"这场战争到了第一个紧要关头",这是温斯顿〔·丘吉尔〕的说法。德国入侵了挪威。战斗继续。消息传来。有人说希特勒这次完了。此刻,我眼前是个晴朗的春日,露台边缘点缀着一丛丛鲜亮的水仙。飞机掠过头顶。敌人布下了地雷,显然指望我们的陆军会在那里登陆。在长时间搁笔之后,我重拾写作,因为这是紧要关头。我有很多演讲的想法。得替头脑减轻一下负担。赫伯特·费希尔两天前被卡车撞得不省人事,折断了胳膊、肋骨和颅骨。我星期二要去伦敦,估计会见到西比尔·汤姆和德斯蒙德。一封信也没收到。炉膛里有我们的晚餐。肉质量很差,也很难买到。晚上吃鸡蛋。给 L 做了鱼,还有通心粉。时间到了。

4 月 20 日,星期六

德斯蒙德来吃晚饭。我们这周都待在伦敦。请了西比尔和赫伯特［·伍尔夫］来喝下午茶。昨天回到这里。我想起克莱夫说,要是看见某位歌手的扣子没有扣好,他会是唯一感到不自在的人。我打算记下这类只言片语。这是个沉闷的夜晚。没什么新闻。赫伯特·费希尔去世了。西比尔前一天刚去看望过他——这是自然。

4 月 25 日,星期四

赫伯特·费希尔年轻时可以说其貌不扬:颧骨高耸,喉结突出。他有一双天真的蓝眼睛,头发稀稀拉拉。后来他年岁渐长,变得越来越庄重优雅,最终成为博学与优雅的典范。他冷静,和善,警觉。一个仙鹤般的男人。很像阿德里安。

三天前一群蝴蝶翩翩起舞,像办了场舞会。我们听见了杜鹃的啼鸣。燕子也来了。

5月6日,星期一

内莎刚才来了,带来一个"关于家人的恼人消息",就是A与B的恋情。(谨慎起见,我以首字母指代。)今天他俩出发前往约克郡,准备在那儿待两个月。但愿上帝能早日让她厌倦那个颓唐阴郁的老东西,那个举止暧昧、头脑简单的家伙。这让我莫名地感到自己老了:可以想象,内莎一定觉得十分空虚,连我都体会到了那种感觉。这件事让我无心去写内容繁多的伦敦日记,相比之下,那一切只不过是无聊的琐事和连篇的废话。克莱夫来吃晚饭;警察登门;玛丽来访;克莱夫脸上的胡茬儿;德斯蒙德次日来访——我抛开这一切,就像把废纸扔进纸篓。我跟休喝下午茶;硫黄弥漫的格林公园;交通;休坦承自己对同性的情愫;我的演讲〔在布赖顿的工人教育协会发表,题为《斜塔》〕——台下有两百来人,我一点也不紧张。然后在上周五回到这里,带着要改的稿子,感觉筋疲力尽、心烦意乱。晚上本想工作,不料却被这枚爱情炸弹击中。我幻想着约克郡的沼泽,想象他俩准备好晚餐,或是坐在沙发上。没有什么能诱使她结婚。

此外,我军已经撤出挪威。吃了第一场败仗。而仅仅在三周前,梅纳德还那么乐观。战争实际上已经结束……这当然是金斯利那副得意的公鸭嗓。战事再次陷入停滞。

这大概是出版社最艰难的一年。真奇怪，我在演讲上花了这么多心思，现在却已将它彻底抛在脑后——连同那些折磨与汗水。

5月13日，星期一

我承认，今天在提交修改稿之后，我体会到一种满足，一种告一段落的感觉和随之而来的平静。我承认——因为"史上最伟大的战斗"已经进入第三天。（这里的）战斗从早上八点开始，当时我们还躺在床上半梦半醒，忽然听见广播宣布德国攻占了荷兰和比利时。苹果花的花瓣雪片般落下，铺满整座花园。丘吉尔号召所有人团结起来："我唯一能贡献的只有鲜血、泪水和汗水。"邓肯目睹了查尔斯顿上空的一场空战——一道银光和一团烟雾。珀西看到伤员穿着靴子归来。在无所事事的空虚中，我迎来了短暂的平静。不过，尽管L告诉我他已经把汽油放进车库，一旦希特勒获胜就自我了断，但我们的生活仍在继续。正是那份开阔与狭小，让生活继续。

5月14日，星期二

是的，我们头戴花环，被引向圣坛。一名士兵手握步枪。荷兰政府和王室来到英格兰。我们收到警示，说可能有跳伞的教士从天而降。战争啊战争——一场重大的战役——就发生在这个草地上开满鲜花的炎热日子。一架飞机掠过头顶——

5月15日，星期三

  昨晚有人请愿保家卫国，抗击那些空降兵。L 说想加入。我们发生了争执。我们的神经受到折磨——至少是我；而 L 显然为终于有机会贡献力量松了口气。我觉得枪支和制服都有些可笑。在这一切背后，是一种紧张感：我们早上谈了希特勒一入侵就自杀的事。精疲力竭的犹太人。我们还在等什么呢？最好把车库门关上吧。这场谈话十分理性，就事论事。今天天气炎热，雷声震天。昨晚荷兰人缴械投降。此刻，战场上鏖战正酣。我们猜不出十天，战争的走向就会见分晓。我想英国一开始大概会按兵不动，然后参战，美国会在十一月作为调停者介入。另一方面——哎，我真不想在车库里结束生命。我希望能再活十年，写我的书，写作的构思像往常一样闯入我的脑海。昨天 L 完成了他的书［《为和平而战》］。所以我们手头的工作已经全部清零，不过我很怀疑我们的书能否在今年六月出版。医务列车经过。这天气对伤员来说实在太炎热了。不管怎么说，这种剑拔弩张的状态不会超过十天——我们这么认为。
  突然想：军队是身体，而我是大脑。思考就是我的抵抗。

5月20日，星期一

这个想法应该更精彩才对。它在一个感受敏锐的瞬间突然涌现。我感觉战争就像一种绝症。它令人惶惶不可终日，不久就耗尽了人的感官。而后，感官的电池又被充满，再度——体会到什么呢？体会到轰炸带来的惊吓。担心去伦敦会被炸弹击中，还有迫在眉睫的灾难——一旦敌军突破防线。今早，我听说他们的目标是英吉利海峡。

现在，德斯蒙德和［G.E.］摩尔正在读书——或是在苹果树下交谈。摩尔浓密的秀发细软飘逸，眼圈泛红，看上去很稳重，但不像我记忆中那么健壮，块头也没那么大。他对正直不再那么执拗。那份正直依然纯粹，只是随着年龄的增长（他现在六十五岁）而有所削弱。所以如今，我们对他的敬意含有念旧的成分。昨天跟内莎和昆廷喝下午茶时，我们回想起他最大的影响——他的沉默。"我并非有意沉默。只是无话可说。"他这样反驳我们，因为我们说他造成了一代人的沉默。正因为如此，他才那么依赖德斯蒙德；后者还是个婴儿时就开始跟毛巾扎成的小马说话，还跟猫说话，家里人为了求个清净，不得不把他送进学校。我回想起不少陈年往事。这些回忆交织成一层薄纱，罩住了战争，却被报纸扯烂，被广播撕毁。摩尔咀嚼起来像台切草机，我猜他在家里的餐桌上吃饭时肯定不大放得开：得理性地看待食物，从头到尾都得吃得从容。德斯蒙德则给食物撒上糖霜，挤上奶油，动作也很放松，只是有些毛躁。我内心的"女管家"被唤醒了，在这充斥着琐屑之事与浮夸言辞的可悲生活中。

5月25日,星期六

我们经历了战争爆发以来最糟糕的一周。现在依然身处其中。星期二傍晚,英国广播公司宣布亚眠和阿拉斯[1]陷落。敌人在星期一攻破了防线。好像是用坦克和空降兵发动了突袭:不能轰炸挤满难民的道路。他们继续长驱直入。现在已经到了布洛涅[2]。我们伟大的军队到底在干什么,竟留下了这道长达二十五英里的豁口?我感觉我们被敌人巧妙的计谋击败了。他们灵活而无所畏惧,正在酝酿新的花招。法国人忘了炸毁桥梁。德国人显得年轻而富有活力,并且头脑灵活。我们在他们身后吃力地追赶。这些都发生在我们待在伦敦那三天。罗德梅尔流言四起。我们会被轰炸吗?会撤离吗?炮声震动了窗户。几艘医疗船沉没。看来战争就要来到我们身边了。今天的传言是有个修女在公共汽车上买票,却伸出一只男人的手。

5月28日,星期二

今天早上八点,法国总理在广播中谴责比利时国王变节。比利时人投降了。但流亡政府不会投降。丘吉尔将在下午四点发表广播讲话。这是个沉闷的雨天。

---

1 亚眠(Amiens)和阿拉斯(Arras)均为法国北部城市。
2 布洛涅(Boulogne)为法国北部港口城市,位于英吉利海峡沿岸。——编者注

5月29日，星期三

不知怎的，希望又回来了。发生了一场恶战。盟军顶住了。L去了趟伦敦。一场巨大的雷暴袭来。我在沼泽地里散步，还以为听见了来自海峡港口的炮声。我们去参加了急救护士会（First Aid）的集会。昨天［妇女协会的］戏剧在这里彩排。牺牲乐趣就是我对战争的贡献。我感到无聊至极且震惊于这些剧目的平庸：根本没法表演，除非我们肯帮忙。与我们相比，这些人的思想是如此粗陋浅薄，像一部低劣的小说。所以这就是我对战争的贡献——任由这些鄙俗的思想来污染我，并且忍受、迎合。所以，如果说玛格丽特·卢埃林·戴维斯嫌我们中产阶级的妇女粗俗，那我倒想问问：工人阶级为什么不干脆把我们拒之门外呢？不过剧目最大的问题在于它毫无新意——而不是粗鄙。所以全程沉闷乏味，令人昏昏欲睡。完全是"大众化"或劳工阶层的反义词。

今天开始重拾《波因茨庄园》的写作，反复地脱粒去壳，直到看似分离出一些谷粒。

5月30日，星期四

今天（内莎的生日）在翠鸟湖边散步，第一次目睹医疗专列——列车满载着伤员，看上去并不哀恸肃穆，不过行驶得沉稳郑重，仿佛怕伤员受颠簸。真是一件忧伤、温柔、沉重而私密的事情——载着我们的伤员小心翼翼地驶过绿色的原野，他们中的一些人或许此刻就望着这片原野。充满画面感的想象力，在我脑中塞满某种半是图像、半是情感的东西——沉重的长列缓慢、疲惫而哀伤，满载着伤员穿过田野。它静静地驶入刘易斯的路堑。机群飞速掠过，有如惊起的野鸭，它们迂回盘旋，各就各位，越过卡布恩山。今天没什么新闻。阵线守住了——歌颂英雄主义——还是那套夸夸其谈的演说，那种高亢而紧绷的嗓音。哎，真希望偶尔也能听到正常的说话声。打保龄球总输，我非常恼火。《波因茨庄园》写得很吃力，比《罗杰》还要吃力得多。今天没买到肉。早上除了草。心情很好——至少现在不错。可惜这好心情缺乏支撑，四围没有生长出健康的组织。它破灭了。但在那一刻，单独跟 L 待在露台上，不必等待任何人时，我的心情的确是愉悦的。

5 月 31 日，星期五

据说昨晚拉响了空袭警报。探照灯的光柱全都像触须一样剧烈地摆荡。它们投下点点光斑，像茎干上的露珠。无望的战斗。还是同一套夸夸其谈的演说。

6月3日，星期一

在格里菲思小姐［霍加斯出版社员工］走后，伦纳德说："要是这能让他们开心，咱们偶尔也得忍忍。"可是，我说：这怎么可能让她开心呢？她少言寡语，迟钝得像鱼一样。"她在阿克顿区过得很不容易。她喜欢这里的食物，喜欢在花园里坐坐。"不妨这样总结这疲惫的一周：我们从井里拉起一只又一只水桶，里面却总是空空如也。不过我们让她唱了歌，蒙特威尔地[1]的歌：她简单地唱了几句。她会结婚吗？还是会慢慢凋零？底层人民的无助再次令我深受冲击。有我们这么多人压在他们头上。他们还能得到什么？

现在有五分之四的陆军集结在这里。这或许是一次喘息之机，一次暂停。意大利可能会参战……英国在不遗余力地塑造英雄。快活而英勇的汤米——我们怎么配得上这么好的人？每份报纸、英国广播公司的每个频道都争相投身这场无聊而强装振奋的造神竞赛。再过六个月，这些英雄会不会变成街上的一摊肉酱？我最反感那种虚假的情感。它并非全然虚假，但它的出发点却充满功利色彩。战争已经进入了造神阶段。

---

1 蒙特威尔地（Claudio Monteverdi，1567—1643），意大利歌剧作曲家，古典音乐史上划时代的人物。——编者注

6月7日，星期五

傍晚热得出奇，我刚从伦敦回来。大战仍在继续，它将决定我们的生死。凌晨一点半才睡，金斯利的忧郁如同柔软的木炭。我们四个——还有罗丝·麦考利和另一个人——坐在渐暗的房间里，认真讨论了自杀问题。最后，房间陷入彻底的黑暗。这很有象征意义。法国将会战败；英国将遭到入侵；第五纵队将投身战斗；会出现一位亲德的领事；英国政府会流亡加拿大；我们会进入集中营，或服安眠药自杀。现在的威胁来自爱尔兰。金斯利认为，敌人再过五周就会对英格兰发起进攻。我太困了，打算等明天有精神再写。见到了斯蒂芬、西比尔、约翰、摩根、朱迪丝、雷蒙德［·莫蒂默］、金斯利、罗丝·麦考利，最后是 W. 罗布森——不过都没什么区别。

6月9日，星期天

我要坚持下去，可是我能做到吗？这场战争或许会迅速把伦敦夷为平地。至于我现在的心情，举例来说，我会这样想：投降就等于放弃所有的犹太人。等于集中营。等于车库。在修改《罗杰》和打保龄球时，我就想着这些。还有一个想法是：我不想在中午走，我是指车库。我们在极度的恐惧（毫不夸张）中得知法国政府已经离开巴黎。一声来历不明的怒号惊起了杜鹃和另一些飞鸟：天空尽头仿佛有一只火炉。我有种奇特的感觉，好像"我"这个字眼突然消失了。没有听众。没有回响。这也是部分的死亡。

6月10日,星期一

给自己放了一天假。我的焦虑莫名地减轻了,也可能只是假象。总之,我早上听说阵线守住了,只有零星几处失守。总之,今天我放假——这个空气里飘着煤灰的日子。谢天谢地,在昨天的酷暑之后,今天天气凉爽。我今天还送走了校样,最后把《罗杰》通读了一遍。现在只剩索引。此刻我情绪消沉,陷入了完稿之后的空虚。

6月11日,星期二

今天,或是昨天,意大利参战了。据说法国守住了大部分战线;政府机构迁出了巴黎。戏剧彩排。一直在做索引,做得眼睛都快瞎了。

6月12日,星期三

坏消息。法国显然在撤退,但只有零星的消息传来。珀西说小艇又被召集起来，似乎准备去接回更多的士兵。

6月13日，星期四

要不是因为——噢，天哪，这场大撤退，巴黎濒临沦陷，有两万英国人滞留，不过法军依然在某处攻占了五英里阵地——要不是因为这个，今天本是个愉快的日子。索引做完送走了——这场苦劳正式画下句点。状态时好时坏，时好时坏。加油站没有汽油——那人说为了应对入侵，只能少量供油。

6月14日，星期五

巴黎落入德国人之手。战斗仍在继续。我们今天跟薇塔一起游览了彭斯赫斯特[1]——在庄园里野餐。天气十分晴朗，也很炎热。牛津石砌成的建筑微微泛黄。宴会厅：陈设令人失望，像笨重而过度雕饰的托特纳姆宫路，只不过建于1314年[2]。女王伊丽莎白一世

---

1 指的是彭斯赫斯特庄园（Penshurst Place），位于英国肯特郡乡村，建成于1341年，曾经是英王亨利八世的狩猎小屋。自1552年起，成为悉尼家族的宅邸，是英国最古老的家族地产之一。庄园中有著名的画廊和女王伊丽莎白一世的房间，收藏了几个世纪以来的家族肖像画、古董家具和精美挂毯等。——编者注

2 彭斯赫斯特庄园的男爵大厅建成于1341年。这里疑为伍尔夫的笔误。——编者注

曾在这里跳舞。她本人就出现在另一幅画上,肌肤细腻,头发火红,让人觉得像一只鹰。这里有彭布罗克夫人的鲁特琴匣——如同半只无花果。还有几张奇丑的桌子……这个带镶板的房间呈长条形,镶板上雕刻着浅浅的纹理。我们来到户外的花园,那里有修剪整齐的草坪和长长的绿茵小径,远处逐渐荒芜,融于野地。悉尼一家十分拮据,所以不再除草。园内有一泓开阔的睡莲池。金鱼在芦苇间穿行,发出古怪的拍水声。我们穿过古老的粉色庭院,准备回到车上,结果管家来了,说爵爷想见我们。薇塔跟着他去了——我们等在原地,不久也被叫了过去。达德利勋爵[1]像一只上了年纪的红白色萨塞克斯西班牙猎犬——眼袋很重,两只眼睛都有白内障,已经八十七岁,但并不显老,马甲没有扣上。他很高兴有人来访。他把我们带进一个小小的房间,给我们欣赏据说颇有水准的绘画。他们只开放了少数几个房间。还有几间小屋——跟海滨度假屋类似。薇塔说勋爵曾向她坦言,他穷得没钱招待客人留宿。整座庄园全靠两名女仆、一名小厮和一名管家打理。他过着独居生活。她问:"不过你喜欢这种状态吗?"他回答:"恨透了。"他每周去汤布里奇打两次桥牌。这只年老的蜗牛端坐在他巨大壳中的一角。这感觉真怪,在入侵真正迫在眉睫的第一天游览这栋伊丽莎白一世时代的大宅。我还是更偏爱蒙克屋。

---

[1] 指的应该是阿尔杰农·悉尼(Algernon Sidney,1854—1945),第四代达德利男爵。——编者注

6月20日,星期四

伦敦一日:刚回到这里;晚餐如此密集,活动如此频繁,我只能挑重点说。星期一跟约翰吃午饭。法国人放弃了抵抗。晚饭后见了金斯利·马丁。星期二跟阿德里安吃饭。他们都去参加了米德尔塞克斯医院的空袭演习。阿德里安答应给我们开处方。丘吉尔发表了广播讲话,号召大家对英格兰的防御要有信心——倒不完全是胡扯。如今我们已孤立无援,只有背水一战。之前是轰炸,现在是入侵。跟埃塞尔·史密斯喝了下午茶。啊,我们当然必须战斗并赢得胜利。星期一在灰暗的夜色中结束。金斯利·马丁说英国必然失败,也注定失败。他说《新政治家》大概还有四期可出。

我们刚要开始打保龄球,路易就兴冲冲地来了。哈里·韦斯特[她弟弟]星期一从前线回来了。她把那些故事一股脑儿地倒给我们听。他如何三天没靴子穿;敦刻尔克海滩上是怎样的情形——轰炸机如何低空掠过,只略微高过树顶;他大衣上的弹孔如何像蛾子咬的洞;英国战机如何放弃了抵抗;指挥官如何命令他们脱下鞋子,手脚并用地爬过一个掩体。指挥官自己如何带走一只手榴弹,将它引爆。在敦刻尔克,许多人在飞机掠过时饮弹自尽。哈里游走了,当时正好有一条小船靠近。船上的人问他:老兄,你能划桨吗?他说能,就被拉了上去,划了五个小时。他望见了英格兰,上了岸,但已昼夜不分,不知(也没问)自己身在何处,所以没法给他母亲写信,就这样被派到了他们团。哈里受够了战争，认定我们毫无胜算——既缺少武器，也没有战机。这样哪能成事？

6月22日，星期六

法国的战事仍在继续。和谈的条件尚未公布。今天昏暗而阴沉。我输了保龄球，心情低落而烦躁，索性决定不打球了，去读书。我想找本书一口气读完，却没找到。我在想：如果说这就是我生命的尾声，那我难道不该去读莎士比亚吗？但我做不到。我难道不该把《波因茨庄园》写完吗？难道不该完成点什么作为终结吗？终结将它的活力，甚至是它的欢快与恣意，赐予平淡的日常生活。昨天我突然想到，这说不定就是我最后一次散步了。麦浪翻滚，裹挟着罂粟的花朵。晚上，我读我的雪莱。

东部和南部沿海遭受了夜间空袭。一夜之间，有六个、三个或十二个人死去。

6月27日，星期四

在心绪被客人搅起涟漪之后，我很难再把注意力集中到自己身上——这次的客人是伊丽莎白·鲍恩。高低不平的波纹泛着光向外飞速扩散——在伊丽莎白上火车后还持续了好几个小时。一种令

Saturday 22 june

人不快的感觉，在客人走后。大概也跟抽了太多烟，织了太多毛线有关吧。随后的查尔斯顿之行又把一块石头投进了我的心湖。现在我心猿意马，只靠《波因茨庄园》这一根绳索维系。何况还有这场战争。当敌人磨刀霍霍，准备手术时，我们就等在一旁。战争夺走了安全这层外壳。再也听不到任何回响。我四周空无一物，无所依凭。我们成群结队地涌向悬崖……然后会发生什么？我难以想象1941年的6月27日真会到来。

伊丽莎白的口吃让人走神，像飞蛾围着花朵嗡嗡地打转。她支支吾吾的声音仿佛撼动着每一个字，让它们颤抖，变得模糊不清。不过我们聊了很多——基本上都很投机。一颗值得尊重的心灵，长脸，体面，拘挛局促。

7月4日，星期四

又从伦敦回来了。不过事情其实都发生在这里。路易没起什么作用，却异常亢奋。她说昨天下午五点，沼泽那边传来突突突的响声。当时她正在摘果子，以为是车子逆火了，又听别人说是空袭，所以她就回来了。他们在纽黑文袭炸了一列火车：驾驶员今早死了。乘客们躲在座位底下。铁轨被炸毁。今天，有架飞机——我军的——在南伊士坠毁。所以德国人已经影响到我下午的散步了。法国舰队被俘获、击沉。整个刘易斯都在收听广播。在伦敦时，金斯利·马丁曾斩钉截铁地说星期二或今天，也就是星期四，英国必遭入侵。伦敦让人感觉安全、稳固。主干道上出现了粉色的砖砌堡垒,是为了囤积弹药吗?白厅等地方布下了错综的铁丝网。我们经过一长队救护车,它们向我们驶来,以粗树枝相连。还有成群结队的加拿大人——要去参观白金汉宫。

7月5日,星期五

珀西带来传闻,说纽黑文的街道遭到了机枪扫射。L被珀西惹恼了。我知道其中包含着怎样的臆想——本该力挽狂澜的国家却一败涂地,化为泡沫。法国舰队在战斗:贝当政府与英国断绝了外交关系。我们会跟盟国交战吗?就在上个月,它还信誓旦旦地说要战斗到最后一刻。

7月12日,星期五

草叶焕发着多么美丽的浅翡翠色光泽,在我晚饭后去沼泽散步的时候。阿什汉姆上方那一条条色彩缤纷的道路,宛如维米尔[1]画上绿意盎然的背景。还有土灰色的小教堂和身披斑驳光点的牛

---

[1] 约翰内斯·维米尔(Johannes Vermeer,1632—1675),荷兰黄金时代绘画大师,与伦勃朗齐名。——编者注

群——阳光勾勒出它们的轮廓。我们为集体主义的情怀争吵……不过又和好了。L把我们所有的深煮锅都拿去给埃布斯太太（牧师妻子）捐造飞机了。我不喜欢战争带来的任何一种感受：爱国主义、群策群力等等。它们都是对我们自身情感的一种感伤而情绪化的拙劣模仿。但很快，我们自己也参与其中。每天都有空袭：寻血猎犬在夜间出没。每次听见德国飞机的声音，我都会推开窗户，看着草甸各处升起粗大的光柱，在空中摸索它们——真是一幅黎明奇景。然后飞机远去，伴随着嗡嗡、隆隆的轰鸣，像牙医的钻头。入侵尚未发生。

7月24日，星期三

我想在此时此刻，出版前夕，探索一下自己的感受。它们若有若无，所以不太强烈——完全不像《岁月》出版时那么强烈，哈，差得远了。但它们依然刺痛我。我会一如既往地感受到两对张力：痴迷与乏味；生气勃勃与死气沉沉。为什么我还会觉得刺痛？我对这一切几乎已经了然于胸。不过也不尽然。我当然会被那些看不起布鲁姆斯伯里的人嗤之以鼻。我怎么把这事给忘了。不过L正在给萨莉梳毛，弄得我无法专注。我没有一间自己的房间。

7月25日，星期四

现在我并不是特别紧张，最多只是稍微有点紧张，因为大多数人还是赞赏我的。我跟罗杰的关系变得多奇怪啊——在他去世之后，我为他赋予了某种形态——那是他真实的模样吗？此时此刻，我强烈地感受到他的存在：仿佛我们曾有过亲密的联结；仿佛我们一同诞下了书中那个他，那就是我们共同的后代。只是他不能对它做出更改。而且在许多年里，它都将代表着他。

7月26日，星期五

根据《泰晤士报文学增刊》的评论，我大概可以排第二位。《泰晤士报》说这本书是传记中的佼佼者。《泰晤士报》很明智，只是把话说得太满。顺便，我为自己能完成一部翔实的作品而感到自豪，在某种程度上可以说非常满意。这个夏夜可爱得难以言喻——嗯，必须用"可爱"来形容——这个稍纵即逝、变化多端、温暖而无常的夏夜。我打球赢了两局。

昨晚，看见那十二架飞机从头顶掠过，飞赴沿海投身战斗，我设法在心中唤起一种个人的情感，而非英国广播公司引导的那种集体情怀。我几乎本能地祝他们好运。我真希望自己能用科学的方法记录情绪。入侵要么就在今晚，要么就不会发生。而且——我还有更多话要说。可那都是什么呢？得准备晚饭了。

7月28日，星期天

我为什么介意输保龄球呢？我想我应该是把这跟希特勒联系起来了。不过我打得很好。一段异样的和平时光，透着惬意的宁静。到了伦敦，我打算谁也不见。一时间，我以为自己有望度过平静的一季。但"他们"说入侵的日子被定在8月16日。昨天我去了查尔斯顿，安杰莉卡也在。我看出她神经紧张，姿态强硬，坐立不安。昆廷则显得凝重、成熟而忧郁。他差不多有一年时间都待在农田里。他小麦色的皮肤上绽放着红彤彤的罂粟花，蓝眼睛则是蓝色的田旋花。

我在等星期天的报纸。德斯蒙德会，或者说可能会在上面评论《罗杰·弗莱传》。我知道如果德斯蒙德要写（也可能不会写）这篇文章，他一定会含含糊糊地先夸赞一番伍尔夫夫人的魅力与同情心，然后开始描述他对罗杰的印象——很可能比我塑造的罗杰更有意思。这些应该就能撑起他那个小小的专栏。

8月2日，星期五

那本书完全没人谈论。它仿佛航向大海，消失在远方，就像英国广播公司说的，"我们有一本书没能返航"。摩根没写书评，谁都没写书评。我也没收到信件。我还是——是的，我承认——相当在意，同时准备面对长时间的彻底冷遇。在菲利普·莫雷尔、皮帕和伦敦的喧嚣之后,我疲惫不堪,但感觉有什么正在酝酿,也感到自由。

8月4日,星期天

时间刚好够我记录一件令人如释重负的事——德斯蒙德在书评里说的都是我想听的话。朋友们和下一代的年轻人都很喜欢这本书,都说是的,是的,我们认出了他;还说这本书不仅令人愉悦,而且十分重要。这就够了。这让我产生了一种平静的感觉,觉得苦心没有白费——不是过去那种沾沾自喜,像对待小说那样;而是觉得自己完成了一项使命,满足了朋友们的愿望。这下我可以放心了。

8月6日,星期二

早餐时又收到了克莱夫寄来的蓝色信封。这让我心情大好。这封信几乎就是克莱夫本人。为什么呢?因为真挚——不,因为安静、严肃,夸赞时不带丝毫讥讽。他说这本书在某种程度上足以比肩我最好的作品,是近年来市面上最好的传记。所以我真的不会再受任何影响了,只想着要是路易的父亲没有去世,玛贝尔的男友没有住院该有多好,那样我就不用煮这么多饭,洗这么多衣服了,可以去做下一件事——可要做的事情实在太多。我感觉作为作家,我比以前更自由,也更强大了。这会是一种幻觉吗?

有人在河堤上挖火炮掩体。我散步时,看见他们像一群忙碌的蚂蚁。他们用水泥浇筑地面,用沙袋搭起壁垒。重型卡车满载着材料,飞驰在罗曼路上。没人关注他们——我们就是如此麻木。河堤上架设了一排机枪,以树枝掩护,没人多看一眼。《罗杰·弗莱传》销量不错。加印提上了日程。

8月16日,星期五

敌机来到近处。我们趴在树下。那声音听上去就像有人在我们头顶锯开空气。我们面朝下趴在地上,双手抱头。别咬牙,L说。他们仿佛在锯开某个静止的东西。炸弹摇撼着我家的窗户。当时我思考着虚无的本质,此刻依然在思考这个问题——情绪毫无波澜,心如止水。略带恐惧吧,也许。不久,又一架飞机从纽黑文飞来。在我们四周打转,隆隆轰鸣,吱吱乱锯,嗡嗡盘旋。一匹马在沼泽嘶鸣。天气窒闷无比。那是雷声吗?我问。不,是炮声,L说,从灵默传来,在查尔斯顿方向。随后这声响逐渐减弱。玛贝尔留在厨房,说窗户都在震颤。接着警报解除,从五点持续到七点。昨晚死了一百四十四个人。

8月19日，星期一

昨天，就是星期天，我们听见一声呼啸。这次它们飞到了我们正上方。我仰望飞机，像一条渺小的米诺鱼仰望咆哮的鲨鱼。它们飞速掠过——好像有三架。机身漆成橄榄绿。随后传来嘭嘭嘭的响声。是德国飞机吗？嘭嘭声再次传来，响彻金斯顿上空。迄今距离最近的一次擦肩而过。死亡一百四十四人——噢不对，那是上次。今天暂时没有空袭。

8月23日，星期五

这本书彻底搞砸了。由于伦敦的空袭，销量降到每天十五本。但真的只是因为这个吗？销量会回升吗？在家里，我被安〔·斯蒂芬〕气坏了，朱迪丝、莱斯利、埃莉诺、卡米拉在家里进进出出。L说他自感对年轻人负有道义上的责任。

8月28日，星期三

这一周，我不断被保龄球、茶会和顺道来访的客人打断。不过这让我充分体会到就读公立学校的感觉，那就是毫无隐私。这无疑就像用一条粗糙的毛巾用力擦拭我上了年纪的头脑。为了安抚想知道 1940 年 8 月发生了什么的 VW[1]，我应该告诉她——空袭正在酝酿。入侵如果成真，必然会发生在三周之内。对普通民众的滋扰达到顶点。空气被锯开。机群嗡嗡轰鸣。空袭警报传来——现在报纸管它叫"哭泣的威利"——像晚祷一样准时。现在我们会说，今天的空袭还没来。伦敦被空袭了两次。其中一次发生时我正在伦敦图书馆。销量稍有回升。

8 月 31 日，星期六

英国参战了。英格兰正在遭受攻击。昨天我第一次充分意识到这个事实，产生了紧迫、危险、恐惧的感觉。薇塔六点打来电话，说她过不来了。她待在锡辛赫斯特，炸弹不断落在房子周围。我太累了，没法表现得像在跟一个随时可能遇难的人说话。听见了吗？她问。没有，我没听见。又落下一枚。她反复地说同样的话，说想留下来开救护车，好像脑子不清楚似的。通话质量很差。她断了线——啊，这真的让我心烦。我放下电话，然后去打保龄球。这个炎热的傍晚万籁俱寂。不久，战斗机开始急速飞行。爆炸声传来。飞机近在咫尺。昨晚伦敦遭受了严重的轰炸。今天这里风平浪静。我在晚饭后给锡辛赫斯特打电话时，接线员插话说"限制服务。刚才那边情况很糟"。这当然很可能就是入侵的开端。我感受到一种

---

[1] 即弗吉尼亚·伍尔夫。

压力。听到数不清的本地传闻。不——试图记录英格兰进入战争状态时的感受对我并没什么帮助。L睡眠很好,每晚都能一觉睡到天亮。

9月2日,星期一

过去两天应该没有战事。在伦敦遭受空袭之后,一切陷入沉寂。回忆录俱乐部昨天在查尔斯顿办了一场小规模的聚会。我们坐在那里,沐浴着阳光。天气很热。树上挂着火红的苹果。四周一片阒寂。梅纳德,我口中"无可救药的梅纳德",显得相当严肃、冷漠、好斗。我们谈到了传记。我得知梅纳德把我写的罗杰传记称为"正传"。我朗读了自己关于"无畏号"战列舰的笔记,读得不怎么好。莉迪娅不肯来。"她觉得现在不是思考的时候。"梅纳德说。不过谈话十分有趣。

9月5日,星期四

热,热,热。破纪录的热浪,破纪录的夏天,假如我们一直在记录天气的话。一架飞机在下午两点半左右飞来。十分钟后,空袭警报拉响。二十分钟后,警报解除。真热啊,我重申;疑心自己其实是个诗人。我有个想法——觉得作家都是不快乐的。因此他们书中的世界总是过于灰暗。沉默不言的人才快乐，比如那些待在农舍花园里的女人。现在，我要穿着睡袍去沼泽走走。

9月7日，星期六

空袭正在进行。几架飞机由远及近飞过来。不对，是一架飞机，轰鸣着飞掠而过。看不出是否属于英军。更多的飞机盘旋在房子上空，大概要飞往伦敦，那里每晚都遭到轰炸。

9月10日，星期二

在伦敦待了半天，刚回来。这大概要算我们最离奇的一次伦敦之行了。梅克伦堡广场被围了起来。安排了几名管理员，阻止人进入。一栋离我们家三十码[1]左右的房子早上被炸弹击中，彻底被炸毁。广场上还有另一枚炸弹尚未引爆。我们绕到屋后。那栋房子还在阴燃。不，不是房子，是那堆瓦砾。所有躲进地窖的人都被压在底下。那面尚未倒塌的侧壁上还挂着残破的衣物。有个东西荡来荡去，我想是一面镜子。像一颗被打落的牙齿——彻底脱落。我们的房子完好无损。管仓库的伙计在屋后——两眼昏花，手脚抽搐——

1　1码约为0.91米。

告诉我们爆炸声把他从床上震了下来；他不得不躲进一座教堂。他说德国佬连续三天晚上飞临伦敦，想轰炸国王十字。我们继续往前走，来到格雷旅馆。下了车，看见了霍尔本的景象。法院巷尽头有一道巨大的缺口——还在冒烟。有家大型商铺，就是对面那座贝壳形的酒店被整个炸毁。法院巷的路面上散落着许多蓝蓝绿绿的碎玻璃。人们拆下框架上残留的玻璃碎片。我们又去了《新政治家》编辑部：窗户破碎，房屋完好。我们在里面转了转。一个人都没有。走道湿漉漉的。楼梯上散落着玻璃碴儿。门都上了锁。我们回到车上。道路严重拥堵。杜莎夫人蜡像馆后面的某座电影院被炸得暴露在外：能看见舞台；还有一些装饰品在里面摆荡。摄政公园附近的房屋窗户破碎，不过没被炸毁。随后是完好无损的道路，绵延数英里——都属于贝斯沃特——看上去一如往常。街道上行人稀少。人们神色呆滞，目光浑浊。到温布尔登时，空袭警报响了，人们开始奔跑。我们驾车行驶在几乎空无一人的街道上，尽可能加快速度。马被赶出马厩。汽车纷纷停住。此刻我脑海中浮现的是那些满身污垢的〔布鲁姆斯伯里〕寄宿公寓女管家。我们又得熬过一晚：那些可怜的老妇人站在门外，肮脏而绝望。唉——正如内莎在电话中所说，快了，快了。

9月11日，星期三

丘吉尔刚刚发表了演讲。清晰明了，分寸得当，坚定不移。他说敌人正在酝酿入侵。如果入侵真的发生，那应该就在未来两周。

大批的舰艇和驳船聚集在法国的港口。轰炸伦敦当然也是为入侵做铺垫。我们庄严的城市——等等等等,听得我十分感动,因为伦敦在我心目中的确庄严无比。昨晚伦敦又遭受了一轮空袭。定时炸弹袭击了王宫。约翰打来电话。希望出版社能立即撤离。L星期五会过去。约翰说我们的窗户都震碎了。梅克伦堡广场已经疏散。

现在我们预计八点半会发生空袭。不管怎么说,我们差不多就是在那个时间听见了不祥的嗡嗡声,响声由小变大,又逐渐消失;随后是一阵停顿;接着又来了第二架飞机。"空袭又开始了。"我们说,此时我们就坐在家中。我在工作,L在卷烟。我们不时会听见一声闷响。窗棂震动。于是我们知道伦敦又遭到了轰炸。

9月12日,星期四

狂风骤起。形势变了。昨天夜里来了许多飞机。但空袭被新组建的伦敦火力网击退了。这令人振奋。但愿我们能扛过这周,还有下周以及下下周;但愿局势能得到扭转;但愿我们能击退空袭伦敦的敌军。我们明天一早就要跟约翰商量出版社搬迁的事,还要糊窗户,抢救有价值的财物,以及取信——前提是我们能获准进入梅克伦堡广场。

9月13日,星期五

在伦敦待了半天,刚回到这里。空袭以我们闻所未闻的规模席卷了温布尔登郊外。我看见一座粉色的砖砌地窖。我们出发了两次。两次都发现炮声越发密集,于是又折返回来。最后终于出发,密切留意可供避难的场所,关注着人们的一举一动。我们来到罗素酒店。听见炮声震天,我们躲避了一阵,然后出发前往梅克伦堡广场:遇见了约翰,从他口中得知广场依然不允许进入。于是我们在酒店吃了午饭。不到二十分钟就敲定了紧急出版方案——利用花园城市出版社[位于莱奇沃思]。空袭仍在继续。步行前往梅克伦堡广场,但被拒绝进入。约翰给我们讲了星期一夜里的事。他面色苍白,浑身颤抖。我们在隐约传来的炮声中与他道别。开始返回。马里波恩高街上风平浪静。

9月14日,星期六

感觉入侵迫在眉睫。卡车运送着大批士兵和机械(似乎是起重机)"哐当哐当"地驶向纽黑文。空袭正在进行。刚刚传来"砰"的一声,我想应该是机枪声。战斗机呼啸着直冲云霄。玛贝尔跑到屋外去看,又问我们鱼应该炸还是煮。经过一番友好而冷静的交谈,我们商定,她不必继续留在这里。我大大地松了口气。我喜欢单独待在我们这条小船上,喜欢设想并看到一切都秩序井然,也不必为谁负责。

这本日记的好处之一，是我能在这里倾吐烦恼。烦恼来自输掉保龄球，来自入侵，来自又一架报丧的班西[1]，来自无书可读，诸如此类。我想，我下一本书的创作就应该从阅读开始，读艾弗·埃文斯[2]那本六便士的企鹅书[《英国文学简史》]。不管会发生什么，我都要停下来，让这一刻绽放光芒。五十八岁——已经来日无多。有时，我会幻想惨烈的死亡。是谁在给自己壮胆？时不时地，也要试着不在这里谈论战争。

9月15日，星期天

入侵依然没有发生。据说德国人试过，但大批驳船沉没了，他们伤亡惨重。今天下午布赖顿遭受了空袭。玛贝尔明天就要走了。所以我祈求上帝，今晚千万别让教堂响起钟声。现在，我们准备去吃厨娘操刀的最后一顿晚餐，也不知下次再吃到会是什么时候。这会是我们最后一次请住家仆人吗？我为这个愉快的傍晚祈祷，并照例祈祷希特勒万劫不复。

---

1 班西，又称报丧女妖，是爱尔兰神话中的一类女性精灵，通常被认为是死亡的象征。这里指的应该是德国飞机。
2 艾弗·埃文斯（Ifor Evans, 1899—1982），也称亨格霍尔的埃文斯男爵，英国学者，主张向非英语国家推广英国文学。

9月16日,星期一

好了,小船上只剩我俩了。玛贝尔走了,带着她的滑液囊炎,背着她的包裹,在十点钟离开。谢谢你们对我那么好,她对我俩说了同一句话。"希望今后有缘再见。"我说。她说,哦,一定可以的——大概以为我是指死亡。就这样,这段为期五年的关系结束了,它缄默得让人难受,不过也非常淡漠、冷静。

我设想了一番我们被困刘易斯的情景,然后去了查尔斯顿。夜空一整夜都很繁忙——空中传来响亮的爆炸声。我竖起耳朵倾听教堂的钟声,心里想的主要是——我必须坦承——跟玛贝尔一起困在这里的情形。其实她也想过同样的事。她说每个人都生死有命。说她宁愿死的时候是在霍洛威的防空洞里打牌——当然了——而不是在这儿。

9月17日,星期二

入侵没有发生。风很大。昨天,我从公共图书馆的书架上抽下一本彼得·卢卡斯[1]的评论集。它让我反感自己的创作,反感所有的文学评论。那些如此机智、如此沉闷、如此干瘪的连珠妙语,企

---

1 即 F.L. 卢卡斯(Frank Laurence Lucas, 1894—1967),英国古典学者、文学评论家、诗人、小说家、剧作家、政治辩论家、剑桥国王学院院士。

图证明——比如，T.S. 艾略特的文学鉴赏力比不上 F.L. 卢卡斯的。我读了短短五分钟就沮丧地放了回去。管理员问：伍尔夫夫人，您要找什么书？我说英国文学史方面的。但我感到反胃，没心思去找。这类书籍实在太多。

9 月 18 日，星期三

"我们必须鼓足勇气"，这是我今天早上突然想到的一句话。当时我正在梅克伦堡广场，听见我们所有的窗户都被震碎，屋顶塌陷，瓷器大都粉碎。那颗炸弹爆炸了。我们究竟为什么要从塔维斯托克广场搬走？后悔有什么用？出版社——幸存的部分——将迁往莱奇沃思。上午天气阴沉。不过我依然勉强写了一点《波因茨庄园》。

9 月 19 日，星期四

又一个喧嚣的夜晚。又一场严酷的空袭。牛津街被炸毁。那里有约翰·刘易斯商店、塞尔福里奇百货以及伯恩与霍林斯沃思大楼，都是我以前爱去的地方。大英博物馆的前庭也未能幸免。这里狂风肆虐，下了场雨。

9月21日,星期六

我们刚刚灌装好蜂蜜。今天晴朗无风,天气和暖。入侵很可能发生。河床上水位很高。河水微微泛蓝,略显浑浊。一派秋日的宁静——十二架从战场上归来的战机排着整齐的队形掠过头顶。

9月25日,星期三

星期一一整天都待在伦敦,待在公寓;暗无天日;地毯都被钉在窗户上遮挡光线;屋顶片片剥落;厨房桌上堆积着灰色的尘埃和破碎的瓷片;里屋几乎没有变化。一个美好的九月天——温和宜人——连续三天都是温和的好天气。约翰来了。出版社迁到了莱奇沃思。《罗杰·弗莱传》的销量高得出人意料。入侵的可能性又变小了。

9月26日,星期四

跟内莎通了电话。她打出了王牌。"我们的两间画室都毁了。屋顶塌了。还在燃烧。画也都烧毁了。"所以我只好闭嘴。我破烂的天花板根本不值一提。下午一直在摘苹果。德军轰炸机来了。阿什汉姆遭到扫射。炸弹落在锡福德方向。正在奋笔疾书的我不为所动。只有一架德军轰炸机吗?嘻,不过如此——我并没朝窗外看。

放在一年前，或是更久，在十年，甚至五十年前，这种态度简直不可想象。谢天谢地，《波因茨庄园》写得十分顺利。

9月29日，星期天

一枚炸弹落在附近，近得让我以为是L关窗时用力过猛，还数落了他。我当时正在给休写信，笔从我手中震落。我的想法（之一）是：这种日子真懒散啊。在床上吃早餐。躺着读书。洗澡。点餐。到门房去。在调整了房间布局（把桌子调转方向，好照到阳光：右侧是教堂，左侧是窗户；一片新的风景）之后，我收拾心情，抽了烟。一直写到十二点，然后停笔，去看L，接着读报，回到桌旁，打字直到下午一点。听广播。吃午饭。读报。步行去南伊士。三点钟回来。采摘苹果，码放整齐。喝茶。写了一封信。打保龄球。继续打字。读了米什莱，又在这里写东西。做晚饭。听音乐。刺绣。晚上九点半读书（或打瞌睡），一直到十一点半。上床就寝。想起了之前在伦敦的日子：连续三个下午都有人来访。还有一个晚上是晚餐会。星期六散步。星期四购物。星期二去跟内莎喝下午茶。在伦敦城散步。电话铃不停地响。L会议繁多。金斯利·马丁或罗布森来打扰。这就是典型的一周，然后从星期五到星期一都待在这里。

我想，既然我们被困在这儿了，那我不妨每天再多读点东西。不过有这个必要吗？这里的生活是如此幸福、自在、远离尘嚣——

在两种简单的旋律之间来回切换。是的,在那样生活了多年之后,为什么不好好享受这种生活呢?

内莎来电。只抢救出一尊雕像和一台电冰箱。

10月2日,星期三

我难道不该放下笔去观赏日落吗?幽蓝的天空中涂抹着一道红霞,沼泽里堆积的稻草披挂着一层金辉。此刻,在卡布恩山下,一趟列车吐出一缕青烟。空气全然凝滞,庄严地静止;直到晚上八点半,天空传来那个凄厉的弦音;那是飞往伦敦的战机。不过在那之前我还有一个小时。何必再试图去罗列那份熟悉的书目,它似乎总是缺了点什么。我应该思考死亡吗?昨晚炸弹密集地坠落,落在我们窗下。近得把我俩吓了一大跳。某架路过的飞机投下了这些果实。我们走上露台。夜空中星辰寥寥。它们散落各处,熠熠闪光,缄默无声。炸弹落在伊特福德山上。河边还有两枚没有爆炸,以白木十字架标记。我告诉L我还不想死。啊,我试着想象被炸死会是什么感觉。我的幻想十分逼真——仅限于感官上的,但对接下来的部分却想不到什么,除了令人窒息的虚无。我应该想想——啊,我想的是再活十年,不是这个。不过这次,我却描述不出来。那件事——我是指死亡。不,那些嘎吱声、咔嚓声,还有我骨头碎裂的画面,都投射在我活跃的眼睛和大脑中。那是火光熄灭的过程——我会疼吗?是的。会很可怕。我想是这样——然后我会昏厥;鼓点响起;吞咽若干次,挣扎着想恢复意识。再然后,就是点点点。

10月6日,星期天

从没有哪一季写得这么顺手。《波因茨庄园》真的带给我很多乐趣,而且最近也很清闲。有很多信要写。

10月10日,星期四

文思泉涌,因为我一整天都没什么事,什么也没写——在某种程度上是难得轻松的一日——跟薇塔闲聊了一天。聊了些什么呢?哦,聊了战争、轰炸、哪栋房子被炸了、哪栋依然完好,又聊到各自的书——总之非常充实,令人满足。她的生活中有个寄托,她很懂植物,了解它们的思想与身体。她身材高大,宽厚,谦逊,手中松松地握着无数条绳索——绳索另一头连着她的儿子们、哈罗德、花园和农场。她还非常幽默,带有深深的,或者说局促、笨拙的情谊。我很高兴我们的爱消逝得如此彻底。

10月12日，星期六

要不是这么说不大合理，我几乎要宣称今天过得真是——不说幸福吧，不过可以说非常顺心。我忍不住要四处张望：十月的花朵，褐色的梨，时而朦胧时而清爽的沼泽。此刻，雾气涌起。愉悦的事一件接着一件：早餐、写作、散步、下午茶、保龄球、阅读、甜点、小憩。不过我觉得我必须紧张起来。如果我眼下在伦敦，或是两年前在伦敦，我就会像夜猫子一样穿过一条条街道。过得比现在繁忙、刺激。所以我必须制造这种感觉——不过该怎么做呢？就想想自己能写些什么吧。记忆的片段带着丝丝凉意涌向我的脑海。在为那三篇短文（其中一篇今天提交）担忧的当儿，我悠闲地写了一页关于索比的东西。

不过我希望在将来回首时，我能感觉这段战争岁月不无裨益。把生活范围限定在村庄之内，真是奇异。我们所有的朋友都隔绝开来，各自守着冬日的火堆。没有汽车。没有汽油。火车不准时。而我们生活在这座可爱的秋日岛屿上。我准备读点但丁。

10月17日，星期四

我们时来运转了。约翰说塔维斯托克广场没了。果真如此的话，我就不必再为伍尔夫家运势走低而担心得夜不能寐了。这是美好的一天——一个优红蛱蝶在苹果上大快朵颐的日子。此刻天光渐暗。警报即将响起；然后是铮铮的拨弦声……不过人依然几乎可以忘记，忘记伤痕累累的伦敦每晚必经的手术。我们明天就要到那里去。我必须屏蔽它——警报的声音，就像我已经拉上了窗帘。现在，讨厌的部分来了。今晚谁会死去？应该不会是我们吧。我很少去想这个——除非是为了提神。其实我时常感到，这个初秋的小阳春是我们应得的奖赏——在多年的伦敦岁月之后。我是说这让它显得更加宝贵。在生命受到威胁的阴影下审视每一个日子。

10月20日，星期天

星期五，伦敦最为——最为什么呢？——壮观，不，这个词不对——的景象，要数沃伦街地铁站外长长的队伍，排队的主要是提行李的儿童。那是上午十一点半左右。我们以为他们是等待撤离的儿童，在等公共汽车。可是下午三点钟的时候他们还在，静静地坐在那里，队伍比之前长出许多，有女人、男人，还有更多的包裹、毯子。他们在排队进入掩体，躲避今晚的空袭——空袭自然是来了。我们去了塔维斯托克广场。面对那堆废墟，我大大地松了口气。大概有三栋房子吧，被夷为平地。地下室一片瓦砾。唯一残存的是一把旧的柳条椅（住在菲茨罗伊广场时买的），还有一块手写的牌子——上书"招租"。此外只剩砖头和碎木片。我看见只有我书房的一面墙还立在那儿，除此之外，这个我曾写过那么多书的地方只剩一片废墟。我们曾有那么多个夜晚闲坐在此，还办过那么多场晚会，而现在它暴露在外。然后我们去了梅克伦堡广场。那里同样遍地都是垃圾、碎玻璃、松软的黑色尘土、石膏和火药。所有的书本都散落在餐厅地板上。只有客厅窗户还算完好。一阵风从窗口吹进来。我开始翻找日记。我们能从这辆小车上抢救回什么呢？达尔文的书、银器，还有一些玻璃器皿和瓷器。在客厅吃了午饭，索然无味。约翰来了。我把《小猎犬号航海记》[1]给落下了。一整天都没有空袭。我们下午两点半左右开车回家。总的来说，伦敦令我振奋。布鲁姆斯伯里受损严重，不过海德公园和女王门有大片区域完好无损。现在我们好像已经不再属于伦敦。我为蒙受损失而兴奋，尽管我不时会想念我的书本、椅子、地毯和床铺——买它们的时候我们曾花了那么多心思，一件一件地精挑细选——还有那些绘画。但现在，失去梅克伦堡广场算是一种解脱。不过这很反常——损失了财物，反而松了口气。我要投身生活，安宁的生活，几乎一无所有——想去哪里就去哪里。

我还要补充一句，今天热得就像 8 月。我去山丘上散步。听说多佛尔[2]发生了交火？炮击加来[3]。夏天的装束。非常暖和，不必生火。起雾了，今天肯定有灯火管制。

---

1 《小猎犬号航海记》，查尔斯·达尔文 1839 年发表的作品。他在 1831 年以"船长随伴"的身份登上英国海军舰艇小猎犬号，开始了为期 5 年的科学考察之旅。
2 英国东南部的港口城市。——编者注
3 法国港口城市，与多佛尔隔海峡相望。——编者注

10月22日，星期二

　　总有许多流动的念头捕捉不到。我在想：为什么L更看重群体，而我更看重个体。我想为从前在《泰晤士报文学增刊》上发表的文章增加一些佐证，做些增补；还冒出了很多想法，关于行为举止，关于我们这个阶层、我的地毯，关于是否要在《波因茨庄园》的维多利亚时代场景中加入祈祷的场面。再等等的话，这些想法或许还会回来。今天堪称可爱，一个有优红蛱蝶和苹果的日子。我抢救出二十四卷日记；这么一大堆资料，够我写回忆录用了。

10月23日，星期三

　　今天第一次听见炸弹飞来的呼啸。下午五点左右，多风，天气阴沉，我正在打保龄球。突然传来飞机的轰鸣：我听见一声尖啸。像一只小猪在奔逃——像极了。很快，我看见田埂上腾起一道黑烟。然后传来四声闷响——据说来自伊福德。我去了村里。安妮和两个孩子来了。他们坐在从刘易斯开来的公共汽车上，眼看炸弹落在近处。没人受伤——据我所知。

10月29日，星期二

今天我骑车去了趟纽黑文——死亡之城。坟墓般的店铺空空荡荡；人们沉默不语，面色阴郁。面包店老板吹嘘空袭的事：昨天下午五点半，二十五架德军飞机从天而降，抛下二十五枚炸弹——房屋被摧毁，一个小女孩不幸遇难。"可附近却连一架喷火式战斗机[1]都没有，像是……"刚遭遇空袭的人那种悲观的自以为是。我借道塔林内维尔回家。沿途是最美丽的低地风光。

11月1日，星期五

今天傍晚心情郁闷，精神委顿。现在我独自守着炉火，L因流感而卧病在床——被珀西传染了。所以我独自一人，与我交谈的只有手中这本厚厚的大部头。这个早晨我精神涣散，余下的零碎时间，我用来删改那篇价值一百五十英镑的糟糕短篇——《遗产》。好吧，我梳理并删节了全文——如果说"它"头上还有任何毛发可供梳理的话。然后我一头扎进回忆录的写作：它太迂回、太松散了。不过，从这些细碎的纹路中，我依然可以编织出某种致密的图案——总有一天可以。安妮一早就来了，请我去支持妇女协会委员会。"不去。"我抗议得有点太过激烈。穷人不懂幽默。后来我后悔

---

[1] "二战"期间英军使用的一种活塞式战斗机。

了,还是去了,在阳光灿烂的会客厅找到她,告诉她我愿意去。之后我给 L 带了午饭;给自行车胎加了气;骑车去了刘易斯。

11 月 3 日,星期天

昨天河水泛滥,溢出了河堤。现在沼泽成了一片汪洋,有海鸥停留其上。L(已经康复)和我一起走到了陡坡的林地那里。水流湍急,泛着白沫,咆哮着,从掩体一侧的缺口倾泻而下。今天雨势磅礴。洪水变得更加深暗、饱满。桥被冲断。到了农场附近,大水漫过的道路已无法通行。就这样,我的沼泽散步完全泡了汤。什么时候才能恢复呢?

11 月 5 日,星期二

洪水之中的稻草堆美得惊人……我抬头便能看见整片被淹没的沼泽。在深蓝的阳光下,可以看见葛缕子种子般的海鸥、黄色的岛屿、光秃秃的树木,还有农舍红色的屋顶。啊,但愿这洪水永不消退——这片尚未失去初吻的嘴唇,没有房屋,一如它最初的模样。此刻它一片铅灰,前方有成片的红叶,这片岛屿的海洋。卡布恩山成了悬崖。

我在思考:大学生活填充了 H.A.L. 费希尔与 [G.M.] 特里维廉

Tuesday November 5

这类人空洞的躯壳。他们是大学的产物。另：我前所未有地文思泉涌。又另：我重新燃起读书的热情，那股幼稚的激情。所以我正像俗话说的那样，感到非常"幸福"；并为《波因茨庄园》兴奋。

11月7日，星期四

摩根问能不能推举我进入伦敦图书馆委员会。我十分愉快地拒绝了。我才不想当安慰剂呢——好让人挽回颜面。多年前我曾在伦敦图书馆见过摩根一次。这件事给那次见面画下了漂亮的句点。他瞧不起图书馆委员会里的女人。于是我暗下决心，总有一天我要拒绝加入。现在我做到了。昨晚的空袭十分惨烈——七点传来四声闷响，据说轰炸的是格林德伯恩。明天就是伦敦。

11月12日，星期二

张伯伦去世了。另外，只要能挺到三月，我们就熬过了最艰难（或者随便怎么说吧）的时期。这两件事就是报纸上的主要内容。还可以加上希腊的战事……希特勒的讲话……不，时间过得如此沉重而缓慢，没有什么能让我们记住这些日子。昨天午饭时，一枚炸弹落了下来。没发生什么新鲜事。伊斯特本遭到轰炸。还有伦敦。

11月15日，星期五

鉴于我只有单独待在房间里才能写作，鉴于我们生火时 L 就得坐在这里，我一直没打开这本日记。一种自然的精简。昨天，我因为《波因茨庄园》结尾处的一点龃龉而陷入深深的失望。我们有点太累了。迈克尔·麦卡锡来吃午饭；L 做了演讲；内莎来吃午饭——我有两天都在辛苦地购物，其中一天买了一条蓝色的哔叽宽松裤。这一切都让我头疼。于是今天早上我一头扎进回忆，写了写父亲。然后我们穿着高筒靴和长裤涉过泛滥的洪水。水位再次上涨。傍晚，刘易斯亮起点点灯火，宛如一座海港——一座海湾沿岸的法国小镇。考文垂几乎被彻底摧毁。昨晚的交通一如往常。猎犬都在赶往伦敦，那里遭遇了严重的空袭。我在暂时放下小说时才意识到这个事实。

11月17日，星期天

昨天我们的黄油被盗了。路易说："村民们都很喜欢你们，不会来偷。"我们听了十分受用。黄油在我们打保龄球的时候不翼而飞。我们听见一个男人的声音，在门里找到一张圣邓斯坦公会的名片。就当是被志愿募集员征用了吧。

11月23日，星期六

此时此刻，在完成了《庆典》(或是《波因茨庄园》？大约起笔于1938年4月)之后，我的思绪已经转向下一本书（没有名字）第一个章节的创作。《无名氏》(Anon) ——它会叫这个名字。如果要精确地记录刚刚过去的这个上午，我应该提到路易闯进来，打断了我的写作。她手里托着一只玻璃罐子，里面稀薄的牛奶中有一小块黄油。这是我们家一个胜利的时刻。我对这本书也很满意。我想这是一次有趣的尝试，试着采用一种全新的手法。它会比我别的作品都更接近事物的本质。更多的牛奶被撇去了。得到的黄油更加浓郁，肯定比可怜的《岁月》新鲜，我几乎每一页都写得十分愉悦。

今天洪水稍有消退。昨天，一架轰炸机从山头飞来；L看见浓烟腾起。实际上，它在塔林·内维尔[1]被击落了。

11月29日，星期五

许多深沉的思绪光顾了我的头脑，又离我而去。我试图用笔捕捉它们，但它们一看到笔的影子就一飞而散。我想到吸血鬼，想到水蛭。任何一个有五百英镑年俸、受过良好教育的人，都是水蛭叮

---

1 英国东南部萨塞克斯郡的一个村子。——编者注

咬的对象。把 L 和我放进罗德梅尔这座池塘，我们就被吸啊——吸啊——吸啊。我能理解有人会吮吸金钱。但生活、思想什么的，未免也太浓稠了吧。我们离开了聪明人，选择与头脑简单的人为伍。而头脑简单的人艳羡我们的生活。

约翰用歪歪扭扭的字迹写道：想念聚光灯，想念宴会。《罗杰·弗莱传》第三次重印：没通知我。

12月6日，星期五

人们常说的现实生活破门而入。几辆货车在暴雨中抵达。哎，我们不得不站在雨中摊开行李。蒙克屋摆满旧水罐和没盖盖子的壶。［租来的］储藏室堆放了四吨[1]受潮的旧书。现实生活仓皇忙乱，这无疑很能促进头脑的健康。我理解了劳动妇女日常的生活。没时间思考。没有片刻的安宁。我无法专心思考埃伦·特里[2]。这令人相当沮丧。旧报纸、书信、笔记本：今晚我要把幸运留存下来的东西扎成一捆；包进彩纸之后，它们或许能让我眼前一亮。这么多文章——我开闸泄洪似的释放了多少文字啊——还只是我手写的东西。我是指它们并没付印。

1　1英吨（长吨）约为1016千克。——编者注
2　埃伦·特里（Ellen Terry，1847—1928），英国著名的莎士比亚戏剧女演员。

12月8日,星期天

在为埃伦·特里绞尽脑汁之后,我只剩五分钟时间来这里说说战争——是的,我只有五分钟可以补上这篇日记。战争仍在继续。十年后我或许会问,战争中究竟发生了什么?形势有所好转。希腊人把意大利人赶出了阿尔巴尼亚。这也许就是战争的转捩点。但这一切都来得如此迟缓,汇成的水滴是如此细小。我并不是每次都能接住它们。战争在宏大的舞台上以缓慢的节奏上演:在我们小小的舞台外围。我们有五十九分钟在这里,只有一分钟在那里。

12月16日,星期一

感觉精疲力竭,因为我经过长时间的冥思苦想,终于为埃伦·特里写下了两千个字——中途因为搬家而中断了四天——被家中物品的杂乱无章分散了精力——哎,拥挤而丑陋的一团脏乱——哎,希特勒毁坏了我们所有的书本、书桌、地毯和挂画——哎,我们家徒四壁,一无所有——我用笔拖长调子抱怨,再小小地打了个盹儿。这一年即将过去;我饱受困扰,心绪消沉。但我会对一切负起责任:去擦拭、抛光、取舍,尽可能让我们在这里的生活变得整洁、光明而充满活力。我们处在一个难熬的阶段——冬天。天气常常非常寒冷。手里有干不完的活儿。几乎没有黄油可以下锅。要买的东西多得要命,我不得不精打细算。金斯利却跑来大吃糖和黄油。我想我会写一本回忆录，就叫《随心而读》。如今，节制、秩序和精确就是我的神明。就连我的手都在颤抖。上个星期的一天，我们跟约翰在国王十字吃了午饭。他很客气，很有距离感——一副女王丈夫的派头。午餐很隆重。我们为什么就是不能摆脱那条矫揉造作的灰肚皮大鲨鱼呢？难道我们必须把生命中最后几年时光喂进他那两排尖利的牙齿吗？我忘记了——忘记了自己本来想说什么。

金斯利·马丁热情过度，但没那么讨厌。现在仔细想来，他浪费了我们两天时间。是的，我感觉就像在看电影——一部在1940年12月上映、反映金斯利生活的电影。我眼神呆滞地坐在那里。然后，在吃饭时，他又是挖又是嚼。我在潮湿的厨房里做饭。村庄不断在我眼前摇摆荡漾。明天妇女协会要聚会。对这个村庄由来已久的不满刺痛着我。我羡慕田野里那些孤零零的房屋。

12月19日，星期四

毫无疑问，1940年行将结束。这个星期，我们迎来了最短的白昼：随后白天逐渐延长。假如以今天（星期四）为例，巨细靡遗地写下战争给生活带来的变化，那应该会很有意思。战争改变了我订购晚餐的习惯。配给我们的人造黄油少得可怜，除了牛奶布丁，我做不出任何别的布丁。我们没有糖，做不了甜布丁，所以没有甜点，除非我买现成的。商店直到中午才上货。东西迅速被抢购一空。下午一般就不剩什么了。这周的肉类配额缩了水。牛奶少到我们连猫碗里那一口都不得不仔细掂量了。我花了整整一个小时用撇下来的奶油做黄油——我们一周的进账差不多能买半磅。巡逻也改变了生活的节奏。内莎只有去刘易斯购物时才能过来。所有商品的价格都稳步上涨。夏天以来,螺丝价格涨了不少。我们没买新衣,凑合穿旧的。这些都只是不便,不算磨难。我们没有挨饿受冻。但享受被剥夺了,待客也被迫停止。多填饱一个人的肚子很费心思,也很麻烦。最明显的不便或许要数通信。收到伦敦来信要花两天,包裹得花四天。我骑车去刘易斯,而不是开车。此外还有灯火管制——每天半小时的煎熬。天黑之后我们就无法使用餐厅。我们因为伦敦的轰炸而搁浅在此。上个星期空袭很少,少到我们都忘了警报声。之前它总在下午六点半准时响起。我们问:希特勒接下来还打算玩什么把戏?有时,一种明白无误的衰老感让我认定自己的精力已经大不如前。我的手会颤抖。除此之外,我们依然照常呼吸。今天是这样一天:树上的每根枝条都绿得耀眼,阳光令我目眩。

12 月 20 日,星期五

我们去了布赖顿购物。今天天气阴冷,这会儿起风了。我们买了一只鸭子当作圣诞午餐,还买了几块面包和一角奶酪。昨天我们去了村里的学校。大家在做手工。我坐在詹森老师身旁,她满面潮红，靠坐在软垫上；我把埃布斯老师请到家里喝茶。

12月22日，星期天

他们曾是多么美丽，这些故人，我是指我的父母，多么质朴、纯净而无忧无虑。我一头扎进了过去的书信和父亲的回忆录中。他爱着她——噢，而且如此坦诚，如此明智而心思澄明——而且他的思想如此细致严谨，文雅而磊落。他们的生活在我看来是如此宁静，甚至堪称喜悦：没有泥沼，也没有旋涡。而且充满人情味——有几个孩子，还有育婴室里轻柔的哼鸣与歌唱。没有大起大落，没有纠缠，没有自我审视。

12月24日，星期二

我惊愕地发现，我的手有些麻痹。不知是什么原因。我还能画出笔直的线条吗？看样子很难。

我们跟海伦·安雷普［在阿尔西斯顿］吃了午饭；我又一次说"我本来想在那儿生活的"。天气好得出奇。丘陵绵延起伏的波浪被打破，成了一座暗淡的采石场。谷仓和草垛要么不同程度地泛着粉色，要么绿得苍翠欲滴。饭后我们沿围墙散步，然后去了教堂和高大的什一税谷仓。在这些空荡的山谷中，英格兰让人心里多么宽慰，多么温暖；这些山谷仿佛被封存在过去的时光里。还有田野尽头的那些小小尖顶……现在 L 正在锯木头，而我，在冲动地爱上并艳羡阿尔西斯顿的农舍之后，还是认定这里最好。L 说这里正适合我们，因为在这里我们不必为财物所累。这提醒了我，让我想起我们穷困潦倒。所以我必须写作。是的，我们的晚年不会是晒着太阳在橡树下小憩。不过在拉上防火帘之后，我感到自己依然能活在当下，享受此刻，这很不错。为什么要把时间浪费在追悔、嫉妒或担忧上呢？真的，为什么呢？

12 月 29 日，星期天

有时，我会感觉自己这艘航船仿佛鼓满了风帆。每到这时，我就骑车越过丘陵，到悬崖那儿去。悬崖的边缘安装了一卷带刺铁丝网。我在去纽黑文的路上放松心情。那条废弃的路上矗立着几栋别墅，衣衫褴褛的老女仆在那儿采购日用杂货，踩在水里。纽黑文遍体鳞伤。不过身体一疲惫，思想就会沉睡。我失去了写日记的欲望。什么才是真正的解药？我得四处寻觅。我憎恶老年的严酷——我能感觉到它。我会喘息，会说尖酸刻薄的话。

> 迎向朝露的脚步不复轻快，
> 新的情感再难撩动心弦，

希望一朝破灭，实难重燃。[1]

这几行诗是我翻开马修·阿诺德[2]的书，照原样抄下来的。同时，我突然想到，现在我之所以对那么多事物有如此独特的好恶，是因为我日益远离了社会等级，远离了父权体系。德斯蒙德对《东库克》[3][T.S.艾略特的作品]的盛赞让我嫉妒。我走上沼泽，告诉自己我就是我；我必须走自己的路，而非拾人牙慧。唯有如此，我的写作与生活才堪称正当。

如今我多么钟爱美食：我会在脑海中幻想一顿美餐。

---

1 出自马修·阿诺德的长诗《色希斯》(*Thyrsis*)。
2 马修·阿诺德（Matthew Arnold，1822—1888），英国诗人、评论家。——编者注
3 T.S.艾略特的《四个四重奏》由四首长诗组成，《东库克》为其中之一。——编者注

1941年
罗德梅尔，蒙克屋
MONKS HOUSE, RODMELL

1月1日，星期三

星期天晚上，在我读一本关于伦敦大火[1]的翔实记录时，伦敦正在燃烧。八座教堂毁于一旦，市政厅也是。不过这些都是去年的事了。在这新年的第一天，寒风冷如刀绞——如同环形的锯条。莱斯利·汉弗莱来吃午饭。他说话很不连贯，总是嗯嗯啊啊的，我差点翻白眼。他谈论着共产主义的基本原理，主要是来向L请教的。接着，老奥克塔维娅［·威尔伯福斯］[2]来访，挎着那只市场上的女人爱用的篮子。里面装着大瓶大瓶白花花的牛奶和奶油。L在看彗星。其实今晚皓月当空，星宿黯淡。马上该做晚饭了。心理学家将会得出结论，以上文字是在房间里同时有另一个人和一只狗的情况

---

[1] 1666年的伦敦大火是伦敦历史上最严重的一次火灾，大火烧了足足三天。

[2] 奥克塔维娅·威尔伯福斯（Octavia Wilberforce，1888—1963），英国医生，在弗吉尼亚·伍尔夫最后的日子里为她治疗精神疾病。——编者注

下写成的。私下补充一点：我想，今后我大概不会在日记里写太多东西了——其实写得再多也无妨。又不必考虑付梓、发表。

1月9日，星期四

白茫茫一片。全是霜冻，静态的霜冻。耀眼的白。耀眼的蓝。榆树火红。我本不打算再用文字去描绘积雪的丘陵，却还是写了。就在此刻，我依然忍不住要把目光转向阿什汉姆的丘陵，那一片红的、紫的、鸽灰的颜色，还有一个十字架戏剧性地立在前头。我时常记起——或忘记——那句话是怎么说的。用你最后的目光饱览美丽的事物。

昨天，戴德曼太太被面朝下下葬。真是不幸。用路易的话说，这个大块头的女人，不由自主地享用泥土。今天她又参加了一位姨妈的葬礼，这位姨妈的丈夫曾在锡福德见过异象。他们的房子被一枚炸弹击中，我们在上周的一个清晨听见了它的呼啸。L正一边斥责一边整理房间。这些值得写吗？它们是能唤起回忆呢，还是能告诉我"停笔吧，你写得只能算一般"？不过到了我这个年纪，生活中的一切都只能算一般。我是指已经没有太多值得关心的事物了。山丘的背面可不会有蓝中带红的美丽积雪。我在誊写《波因茨庄园》。我在厉行节约，打算一分钱都不花。现在勒紧腰带过日子会很困难吗？最大的变化其实不在于此，而在于这个国家的转变。加德纳小姐替代了伊丽莎白·鲍恩。不值一提。唯有空旷、静默和时间。

1月15日，星期三

节衣缩食可能会终结我的日记。另一个因素或许是我的羞愧，想到自己竟如此话痨。望着那二十卷日记——所有这些日记本都整齐地码放在我的房间，我产生了这种感觉。我在为谁羞愧？为读日记的自己。

乔伊斯去世了——他比我小两周左右。我依然记得韦弗小姐戴着羊毛手套，把《尤利西斯》的打印稿放在我们霍加斯宅的茶桌上。我想是罗杰让她来的。我们愿意为出版它而奉献生命吗？那些淫秽的文字与她格格不入：她打扮得像个老姑娘，扣子扣到嗓子眼儿。纸页上充斥着猥亵的内容。我把它放进了抽屉的暗格。有一天凯瑟琳·曼斯菲尔德过来，我又将它拿出来。她开始读，边读边冷嘲热讽；然后她突然说，不过这段有点意思——这一幕足以载入文学史册。乔伊斯当时就住在附近，不过我从没见过他。一年夏天，我买了它的蓝色平装本，就在这儿读，不时啧啧称奇，不时有新的发现，与此同时又免不了陷入长时间的强烈厌倦。这一切都好像是上辈子的事。如今，所有的绅士都在翻新他们的观点，而在这个漫长的进程中，书籍取代了他们的位置。

星期一我们在伦敦。我去了伦敦桥，眺望泰晤士河，河上雾茫茫的，能看见几缕青烟，可能来自燃烧的房屋。星期六又有一起火灾。我看见一面断壁，一角被完全削去，另一个大角几近粉碎；还看见一家银行以及高耸的纪念碑。我本想坐公共汽车，但路上太堵，于是中途下了车。交通完全阻塞，因为有许多街道被炸毁。于

Wednesday January 15

是我改乘地铁去圣殿区。到了那儿，我徜徉在广场荒无人烟的废墟中，那里曾是我居住的地方：它被炸得皮开肉绽，被彻底摧毁；那些老旧的红砖上落满白色的粉末。灰扑扑的尘土、破碎的玻璃窗、观光的游客，过去那种整体感遭到蹂躏，被破坏殆尽。

1月20日，星期一

我会写得很简短，很精练。心情平淡无奇。我刚从查尔斯顿回来，这次拜访气氛沉闷，或许还很紧绷。内莎和昆廷都在，阿德里安身患肺炎，差点儿没命。奥利弗·斯特拉奇也来了。一切都是那么颓丧阴郁。仿佛文明已终结了五百年之久。我问内莎：你对绘画是不是没那么热衷了？是的。金钱呢？从没想过它。海伦好吗？她整天无所事事。人怎么可能什么也不做呢？不过奇怪的是，蒙克屋依然一如既往地令人振奋。我在读书——哦，都是些文献资料，为了写我的书。

1月26日，星期天

今天，抗击抑郁的斗争彻底失败，导火索（但愿）是打扫厨房，还有把《波因茨庄园》搁置了两天，转而去写回忆录。我发誓，我决不会被这绝望的低谷吞噬。离群索居很好。罗德梅尔的生活十分琐碎。房子很潮。室内脏乱。但我们别无选择。我需要的是从前那股冲劲儿。"你也像我一样,精神生活才是你真正的生活。"德斯蒙德这样对我说过。但我必须记住,写作的想法不是压榨出来的。我开始讨厌自我审视了。

我们要去剑桥待两天。战事暂时消停了。连续六个晚上没有空袭。不过加文[1][在《观察家报》上]说,我们即将迎来最艰苦卓绝的斗争——比如说,在三个星期之内,因此,每个男人、女人,每只猫,每只狗,甚至每条象鼻虫都必须挽起袖子,坚定信念,如此这般。是啊,我想,我们过着看不到未来的生活。这正是事情的诡异之处,我们的鼻尖抵着一道关闭的门。

2月7日,星期五

我为什么感到抑郁?我记不清了。我们即将迎来不平静的一周。先去剑桥,再去见伊丽莎白·鲍恩,然后要见薇塔和伊妮德[·巴格诺尔德]。又下了场雪。化雪时,沼泽成了一片泽国。我们去了趟伦敦,最后不得不回来,因为一枚炸弹落在多尔金附近。伦敦的街道人烟稀少——牛津街如同一条宽阔的灰色缎带。我们去了查尔斯顿,克莱夫看上去矮矮壮壮,像只钟罩。我说:"内莎嫁给他真冒了不小的风险!"入侵必定会在3月的第三个星期发生。

---

[1] 詹姆斯·路易斯·加文(James Louis Garvin, 1868—1947),英国记者、编辑、作家,时任《观察家报》主编。

现在进入灯火管制。

2月16日，星期天

我们度过了躁动不安的一周，而此刻，生活有如开阔的灰色水面。我喜欢跟达迪耶共进晚餐。非常愉悦，非常私密。去了趟莱奇沃思，见到了那些被锁在打字机上的奴隶，看见他们拉长脸，面无表情；还看见了那些机器，它们的效率时刻都在提升，它们折啊，压啊，粘啊，做出完美的书本。它们能在布料上压出花纹，模仿皮革的纹理。我们那台印刷机在楼上，用玻璃罩着。我们坐了很长时间的火车。吃得很敷衍。没有黄油。没有果酱。我们到家两小时后，伊丽莎白·鲍恩来了，她昨天也来了；明天薇塔要来。

2月26日，星期三

今天早上完成了《波因茨庄园》，或是《庆典》《戏剧》——最终定名为《幕间》。

昨天我在布赖顿那家萨塞克斯烤肉餐馆的女洗手间里听到了这些：她是个爱痴笑的货色。我不喜欢她。不过话又说回来，他从不喜欢身材高大的女人。他有一口好看的白牙。一直很白。跟男孩子们在一起真是开心……不留神的话，他说不定会被送上军事法庭。

她们在扑粉、补妆，这几个庸脂俗粉，而我就坐在那里，在一扇薄门背后，以最快的速度解决。然后我们去了富勒家。女主人是个富态、时髦的女人，戴红色狩猎帽和珍珠项链，穿格子上衣，吃着香甜的蛋糕。她那个衣着寒酸的受扶养人也在狼吞虎咽。两人吃个不停。他们身上散发着某种气味，某种卑劣的属于寄生虫的气息。这些白白胖胖的蛞蝓到底哪来这么多钱大吃大喝？布赖顿是蛞蝓们钟爱的地方。那种油头粉面、养尊处优、举止略带粗鄙的人。我们骑了自行车。皮斯黑文街上恶声恶气的咒骂声照例惹得我心烦。已经很长时间没有散步了。每天都在见人。脑中一片混乱，还有些许空白。食物成了我的执念。我为送出去一块小面包而耿耿于怀。奇怪——是因为我老了吗？还是因为战争？算了。我应该去冒险。去充实生活。可是我还能再写出那种给自己带来极大快乐的句子吗？罗德梅尔没有回声——只有废气。这里没有生活，所以他们才总是盯着我们。这就是我的结论。我们必须忍受地狱般的无聊，这就是我们选择在这个阶层的人当中生活的代价。

3月8日，星期六

不，我不打算自我审视。我标记了亨利·詹姆斯的话：不要停止观察。观察老年如何到来。观察贪婪。观察自己的消沉，这样消沉就能派上用场——至少我希望如此。我决心以最好的方式度过这段时光。带着飘扬的旗帜沉落。这好像又有自我审视的嫌疑了，但也不完全是。工作是必要的。我略带愉悦地注意到,现在已是晚上七点,该做晚饭了。今晚吃黑线鳕鱼和香肠。我想,把黑线鳕鱼和香肠写下来,的确能让我在某种程度上掌控它们。

哦,天哪,是的,我必须战胜这种情绪。只要一件事一件事地慢慢来。现在,我该去做这条黑线鳕鱼了。

3月24日,星期一

我们进来的时候,她正坐在一张三角椅上,手里织着毛线。用一支箭头别住领口。不出五分钟,她就告诉我们她有两个儿子死于战争。我想这就是她的功勋。我坐在那里,想挤出几句恭维的话,但它们都消失在我们之间那片冰冷的海洋中。什么也没剩下。

今天的天气不知为什么让人恍如置身海边,让我想起复活节游行时的膳宿公寓。每个人都迎风屹立,挨着冻,沉默不语。空留躯壳。

这地方实在多风。内莎在布赖顿。而我在想,假如我们能将灵魂注入躯体,一切会是怎样。

奥克塔维娅的故事。我能想办法把它囊括进来吗?写的是1900年的英国青年。

L在摆弄杜鹃花……

图书在版编目（CIP）数据

思考就是我的抵抗 /（英）伍尔夫著；齐彦婧译
. -- 北京：中信出版社，2022.9（2023.2 重印）
（企鹅·轻经典）
ISBN 978-7-5217-4598-6

Ⅰ.①思… Ⅱ.①伍…②齐… Ⅲ.①日记—作品集
—英国—现代 Ⅳ.① I561.65

中国版本图书馆 CIP 数据核字（2022）第 133073 号

本书仅限中国大陆地区发行销售

"企鹅"及其相关标识是企鹅兰登已经注册或尚未注册的商标。
未经允许，不得擅用。
封底凡无企鹅防伪标识者均属未经授权之非法版本。

企鹅·轻经典
思考就是我的抵抗

著　　者：[英] 伍尔夫
译　　者：齐彦婧
出版发行：中信出版集团股份有限公司
　　　　　（北京市朝阳区三环北路 27 号嘉铭中心 邮编 100020）
承　印　者：鸿博昊天科技有限公司

开　　本：787mm×1092mm　1/32　印　张：8　字　数：171 千字
版　　次：2022 年 9 月第 1 版　　　　印　次：2023 年 2 月第 4 次印刷
书　　号：ISBN 978-7-5217-4598-6
定　　价：49.00 元

版权所有·侵权必究
如有印刷、装订问题，本公司负责调换。
服务热线：400-600-8099
投稿邮箱：author@citicpub.com